D0911447

PROJET
POUR UNE RÉVOLUTION
A NEW YORK

ALAIN ROBBE-GRILLET

PROJET
POUR
UNE RÉVOLUTION
A NEW YORK

LES ÉDITIONS DE MINUIT

ISBN 2-7073-0351-8

La première scène se déroule très vite. On sent qu'elle a déjà été répétée plusieurs fois : chacun connaît son rôle par cœur. Les mots, les gestes se succèdent à présent d'une manière souple, continue, s'enchaînent sans à-coup les uns aux autres, comme les éléments nécessaires d'une machinerie bien huilée.

Puis il y a un blanc, un espace vide, un temps mort de longueur indéterminée pendant lequel il ne se passe rien, pas même l'attente de ce qui viendrait ensuite.

Et brusquement l'action reprend, sans prévenir, et c'est de nouveau la même scène qui se déroule, une fois de plus... Mais quelle scène ? Je suis en train de refermer la porte derrière moi, lourde porte de bois plein percée d'une petite fenêtre rectangulaire, étroite, tout en hauteur, dont la vitre est protégée par une grille de fonte au dessin compliqué (imitant le fer forgé de façon grossière) qui la masque presque entièrement. Les spirales entremêlées, encore épaissies par des couches successives de peinture noire, sont si rapprochées, et il y a si peu

7

de lumière de l'autre côté de la porte, qu'on ne distingue rien de ce qui peut, ou non, se trouver à l'intérieur.

La surface du bois, tout autour, est recouverte d'un vernis brunâtre où des petites lignes plus claires, qui sont l'image peinte en faux-semblant de veines théoriques appartenant à une autre essence, jugée plus décorative, constituent des réseaux parallèles ou à peine divergents de courbes sinueuses coutournant des nodosités plus sombres, aux formes rondes ou ovales et quelquefois même triangulaires, ensemble de signes changeants dans lesquels j'ai depuis longtemps repéré des figures humaines : une jeune femme allongée sur le côté gauche et se présentant de face, nue de toute évidence puisque l'on distingue nettement le bout des seins et la toison foncée du sexe ; ses jambes sont légèrement fléchies, surtout la gauche dont le genou pointe vers l'avant, au niveau du sol ; le pied droit se trouve ainsi croisé par-dessus l'autre, les chevilles sont réunies, liées ensemble selon de fortes présomptions, de même que les poignets ramenés dans le dos comme d'habitude, semble-t-il, car les deux bras disparaissent derrière le buste : le gauche au-dessous de l'épaule et le droit juste après le coude.

Le visage, rejeté en arrière, baigne dans les flots ondulés d'une abondante chevelure de teinte très sombre, répandue en désordre sur le dallage. Les traits eux-mêmes sont peu visibles, tant à cause de la position où repose la tête que d'une large mèche de cheveux qui barre en biais le front, la ligne des yeux, une joue ; le seul détail indiscutable est la bouche généreusement ouverte, dans

8

un long cri de souffrance ou de terreur. De la partie gauche du cadre, descend un cône de lumière vive et crue, venant d'une lampe-projecteur à tige articulée dont le pied est fixé au coin d'un bureau de métal ; le faisceau a été dirigé de façon précise, comme pour un interrogatoire, sur le corps aux courbes harmonieuses et à la chair couleur d'ambre qui gît sur le sol.

Pourtant, il ne peut guère s'agir d'un interrogatoire ; la bouche, en effet, qui conserve trop longtemps la même position grande ouverte, doit plutôt se trouver distendue par une sorte de bâillon : quelque pièce de lingerie noire fourrée de force entre les lèvres. Et d'ailleurs les cris de la fille, si elle était en train de hurler, traverseraient au moins partiellement l'épaisse vitre du judas rectangulaire à grille de fonte.

Mais voilà qu'un homme aux cheveux argentés, vêtu de la longue blouse blanche à col montant des chirurgiens, entre dans le champ par la droite, en premier plan ; il est vu de trois quarts arrière, si bien que l'on devine à peine sa figure, en profil perdu. Il se dirige vers la jeune femme entravée qu'il contemple un instant d'en haut, masquant une partie des jambes par son propre corps. La prisonnière est sans doute inanimée, car elle n'a pas le moindre tressaillement à l'approche de l'homme ; du reste, à mieux observer la forme du bâillon et sa disposition juste sous le nez, on s'aperçoit que c'est en réalité un tampon imbibé d'éther, qui s'est révélé nécessaire pour venir à bout de la résistance dont témoigne le bouleversement de la coiffure défaite.

Le docteur se penche en avant, met un genou en terre

et commence à délier les cordelettes qui enserrent les chevilles. Le corps, désormais docile, se couche de lui-même sur le dos lorsque deux mains fermes écartent ensuite les genoux, pour ouvrir largement les cuisses brunes et lisses qui luisent d'un éclat mat sous le projecteur ; mais le buste ne bascule pas tout à fait à la renverse, à cause des bras qui demeurent attachés l'un à l'autre par derrière ; les seins, dans ce changement de posture, se trouvent seulement offerts davantage aux regards : fermes comme deux coupoles en mousse plastique et de proportions agréables, ils sont à peine plus pâles que le reste du corps, leur aréole légèrement bombée (mais pas très large pour une fille de sang métis) est d'une belle couleur sépia.

Après s'être un instant redressé, pour prendre sur le bureau métallique un instrument effilé, long d'une trentaine de centimètres, le docteur est aussitôt venu reprendre sa position agenouillée, mais un peu plus sur la droite, si bien que la blouse blanche cache maintenant le haut des cuisses et la partie inférieure du ventre. Les deux mains de l'homme, invisibles à présent, se livrent à cet endroit à quelque opération dont la nature exacte est difficile à déterminer. Du moment que la patiente a été anesthésiée, il ne peut guère en tout cas être question d'un supplice, infligé par un maniaque à une victime choisie pour sa seule beauté. Reste la possibilité d'une insémination artificielle exécutée de force (l'objet que tient l'opérateur serait alors un cathéter), ou de toute autre expérience médicale à caractère monstrueux, réalisée bien entendu sans le consentement du sujet.

10

On ne saura malheureusement jamais ce que l'individu en blouse blanche allait faire à sa captive, car la porte du fond s'ouvre à ce moment avec violence et un troisième personnage apparaît : un homme de haute taille qui se tient immobile dans l'encadrement. Il est vêtu d'un smoking noir très strict et a le visage, ainsi que le crâne, entièrement dissimulés par un masque en cuir fin, couleur de suie, percé seulement de cinq ouvertures : une fente pour la bouche, deux petits orifices ronds pour les narines et deux trous ovales, plus larges, pour les yeux. Ceux-ci demeurent fixés sur le docteur, qui lentement se relève et commence à reculer vers l'autre porte, tandis que, derrière l'apparition masquée, se montre une silhouette plus chétive : un petit homme chauve en costume de travail avec la courroie d'une boîte à outils passée sur l'épaule, qui doit être quelque chose comme plombier, ou électricien, ou serrurier. Toute la scène alors se déroule très vite, toujours identique à elle-même.

On sent qu'elle a déjà été répétée plusieurs fois : chacun connaît son rôle par cœur. Les gestes se succèdent d'une manière souple, continue, s'enchaînent sans à-coup les uns aux autres, comme les éléments nécessaires d'une machinerie bien huilée, quand tout à coup la lumière s'éteint. Il ne reste plus, devant moi, qu'une vitre poussiéreuse où se distinguent à peine quelques reflets de mon propre visage et d'une façade de maison, située derrière moi, entre les spirales emmêlées de l'épaisse ferronnerie peinte en noir. La surface du bois, tout autour, est recouverte d'un vernis brunâtre où des petites lignes plus claires sont censées représenter les veinules du chêne. Le pêne de la serrure reprend sa place dans la gâche avec un claquement sourd, prolongé par une vibration à résonances caverneuses qui se propage dans toute la masse du battant, pour décroître aussitôt de façon rapide, progressive, jusqu'au silence total.

Je lâche la poignée de bronze, en forme de main refermée sur une sorte de navette, ou de stylographe, ou de fin poignard dans son fourreau, et j'achève de me retourner vers la rue, m'apprêtant à descendre les trois marches de fausse pierre qui raccordent le seuil au niveau du trottoir, à l'asphalte rendu luisant par la pluie maintenant terminée, où les passants se hâtent dans l'espoir d'arriver chez eux avant la prochaine averse, avant que leur retard (ils ont dû s'abriter un long moment) ne cause de l'inquiétude, avant l'heure du dîner, avant la nuit.

Le claquement de la serrure a déclenché le mécanisme dont j'ai désormais l'habitude : j'ai oublié ma clef à l'intérieur et je ne pourrai plus rouvrir la porte pour rentrer chez moi. C'est faux, comme toujours, mais l'image est toujours aussi forte et précise de la petite clef d'acier poli, demeurée sur le marbre de la console, dans le coin droit, près du bougeoir en cuivre. Il y a donc une console dans cet obscur vestibule.

C'est un meuble de teinte sombre, au placage d'acajou en assez mauvais état, qui doit dater de la seconde moitié du siècle passé. Sur le marbre, noir et terne, la petite clef se dessine en lignes claires avec la netteté d'un schéma de leçons de choses. Son anneau, plat, parfaitement circulaire, est situé à quelques centimètres seulement de la base hexagonale du bougeoir, etc., dont le corps moulluré (gorges, tores, cavets, doucines, scoties, etc.) supporte... etc. Le cuivre jaune brille dans la pénombre, du côté droit où un peu de lumière arrive du dehors, par l'ouverture grillée de la porte d'entrée.

Au-dessus de la console, un grand miroir rectangulaire, suspendu au mur, s'incline légèrement vers l'avant. Son cadre en bois, sculpté de feuillages sans nom où la dorure s'efface, délimite une surface brumeuse aux profondeurs bleuâtres d'aquarium, dont la partie centrale est occupée par la porte à demi ouverte de la bibliothèque et la silhouette un peu floue, gracieuse, lointaine, de Laura qui se tient immobile à l'intérieur, dans l'entrebâillement.

« Vous êtes en retard, dit-elle. Je commençais à m'inquiéter.

— J'ai dû m'abriter de la pluie.

— Il a plu ?

— Oui, un long moment.

— Pas ici... Et vous n'êtes pas mouillé du tout.

— Non, justement : je me suis abrité. »

Ma main se détache de la petite clef, que je venais juste de déposer sur le marbre lorsque j'ai levé les yeux vers la glace. Le souvenir du contact avec le métal déjà refroidi (que ma paume auparavant avait un instant réchauffé) demeure encore sur la peau sensible du bout des doigts, tandis que j'achève de me retourner vers la rue, commençant aussitôt à descendre les trois marches de fausse pierre qui mènent du seuil au trottoir. Je vérifie d'un geste habituel, inutile, insistant, inévi-

13

table, que la petite clef d'acier poli se trouve bien sur moi, à la place coutumière où je viens de la glisser. C'est à ce moment que j'aperçois le type en noir — imperméable verni à col relevé, mains dans les poches, chapeau de feutre mou rabattu sur les yeux — qui attend sur le trottoir d'en face.

Bien qu'il semble par son allure vouloir davantage se protéger des regards que de la pluie, sa silhouette immobile attire au contraire tout de suite l'attention, parmi les quelques passants qui se hâtent après l'averse. Ceux-ci d'ailleurs sont déjà moins nombreux et l'homme, qui se sent soudain à découvert, se recule insensiblement vers l'encoignure d'une façade en décrochement, celle du numéro 789 *bis*, dont le crépi est peint en bleu vif.

Cette maison comporte trois étages comme toutes ses voisines (qui constituent, un mètre environ plus en avant, l'alignement général de la rue), mais elle doit être de construction moins ancienne ; elle est en effet la seule à ne pas se trouver pourvue de l'escalier de fer extérieur, prévu comme descente de secours en cas de sinistre : squelette de lignes noires entrecroisées qui dessine des Z superposés du haut en bas de chaque immeuble, s'arrêtant toutefois à trois mètres du sol. Une mince échelle amovible, habituellement relevée, complète l'ensemble pour faire le raccord avec la chaussée, et permettre de fuir l'incendie qui embrase l'escalier intérieur.

Un cambrioleur agile, ou un assassin, pourrait en sautant s'accrocher à la barre de fer la plus basse, effectuer un rétablissement, gravir ensuite sans aucune peine les marches métalliques jusqu'à la porte-fenêtre d'un étage quelconque et pénétrer dans la chambre de son choix en cassant seulement une vitre. C'est du moins ce que pense Laura. Le bruit du carreau brisé dont les éclats tintent en retombant sur le dallage, au bout du couloir, l'a réveillée en sursaut.

Redressée d'un seul coup, elle reste alors assise dans son lit, ne faisant plus un geste, retenant sa respiration, ne donnant pas de lumière par crainte de signaler sa présence au criminel qui, ayant avec précaution introduit la main entre les pointes vives du verre, à travers le trou qu'il vient de pratiquer d'un coup sec avec le canon de son revolver, ou avec la crosse guillochée, plus massive, ou avec le manche en ivoire de son couteau à cran d'arrêt, est en train à présent de manœuvrer sans bruit la crémone. La lueur crue du bec de gaz qui se trouve à proximité projette son ombre encore agrandie sur la façade claire, tout en haut de l'ombre déformée de l'escalier de fer, dont les différents réseaux de raies parallèles hachurent en un graphique précis et compliqué la surface entière de la maison.

Lorsque j'ouvre la porte de la chambre, je découvre Laura dans cette posture d'attente anxieuse qu'elle n'a pas quittée : assise dans son lit, appuyée en arrière au traversin par les deux bras tendus, également écartés de part et d'autre du buste, la tête dressée. La clarté qui vient du couloir, où j'ai allumé la minuterie en passant devant le bouton électrique, fait briller dans la pièce sans lumière les cheveux blonds, la chair pâle et la chemisette de la jeune femme. Elle dormait sans

15

doute, car la mousseline sur son corps est fripée de plis en désordre.

« C'est vous qui rentrez si tard, dit-elle. Vous m'avez fait peur. »

Arrêté sur le seuil, dans l'embrasure de la porte grande ouverte, je réponds que la réunion s'est prolongée plus que d'ordinaire.

« Rien de nouveau ? dit-elle.

— Non, dis-je, rien de nouveau.

— Vous avez fait tomber quelque chose en montant l'escalier ?

— Non. Pourquoi ? Et j'ai marché le plus silencieusement possible... Vous avez entendu un bruit particulier ?

— Comme du verre cassé sur les dalles...

— Mes clefs, peut-être, quand je les ai posées sur le marbre de la console.

— En bas ? Non, c'était beaucoup plus près... Juste au bout du couloir.

— Non, dis-je. Vous avez rêvé. »

Je m'avance d'un pas dans la chambre. Laura se laisse retomber en arrière, mais sans se détendre tout à fait. Elle regarde le plafond avec de grands yeux fixes, comme si elle écoutait encore des grincements ou craquements suspects, ou bien comme si elle s'enfuyait à la recherche d'un souvenir. Au bout d'un instant elle demande :

« Comment est-ce, dehors ?

— C'est calme. »

Sa chemise de nuit légère laisse transparaître les aréoles foncées des seins.

16

« Je voudrais sortir, dit-elle sans tourner la tête vers moi.

— Oui. Pour aller où ?

— Nulle part. Dans la rue...

— A cette heure-ci ?

— Oui.

— C'est impossible.

— Pourquoi ?

— C'est impossible... Il pleut. »

Je préfère ne pas lui parler maintenant de l'homme en imperméable noir qui attend devant la maison, sur le trottoir d'en face. J'ébauche un geste pour refermer la porte, mais juste à cet instant, avant même que ma main n'ait atteint le bord du battant que je m'apprête à repousser en arrière, la minuterie s'éteint dans le corridor et ma silhouette, qui se découpait en noir sur le clair de l'embrasure, disparaît d'un seul coup.

Rendue menaçante peut-être par le bras levé, l'ampleur du mouvement, le choc mat du poing sur le bois dans l'obscurité soudaine, l'image entr'aperçue a effrayé la jeune femme, qui pousse un faible gémissement. Elle entend aussitôt, sur le tapis épais qui recouvre tout le plancher de la chambre, les pas lourds qui se rapprochent de son lit. Elle veut crier, mais une main chaude et ferme se plaque sur sa bouche, tandis qu'elle éprouve la sensation d'une masse écrasante qui se glisse contre elle et bientôt la submerge tout entière.

De son autre main, l'agresseur froisse sans ménagement la chemisette pour la relever, afin d'immobiliser complètement le corps souple qui essaye encore de se débattre,

17

en le tenant à même la chair. La jeune femme pense à la porte qui est demeurée grande ouverte, béante sur le vide du couloir. Mais elle ne parvient pas à articuler le moindre son. Et c'est une voix de gorge, menaçante, qui murmure tout près de son oreille : « Tais-toi, idiote, ou je te fais mal. »

L'homme est beaucoup plus fort que cette frêle adolescente dont la résistance est sans issue, amusante et dérisoire. Il lui a d'un geste prompt lâché les lèvres pour saisir les deux poignets, et les ramener en arrière, qu'il emprisonne à présent d'une seule main dans le dos de sa victime, au creux de la taille, ce qui lui fait cambrer les reins. Et tout aussitôt, de la main libre, en s'aidant des genoux, il lui écarte brutalement les cuisses, qu'il caresse ensuite avec plus de douceur, comme pour maîtriser un animal sauvage. La jeune femme sent en même temps le contact des étoffes rudes (est-ce un pull-over de laine ?) qui se pressent davantage contre son ventre et sa poitrine.

Son cœur bat si fort qu'elle a l'impression que l'on doit l'entendre du haut en bas de la maison. D'un mouvement lent, insensible, elle bouge un peu les épaules et les hanches, afin de rendre ses entraves plus agréables et sa posture plus commode. Elle a renoncé à la lutte.

« Et ensuite ?

— Ensuite elle s'est calmée peu à peu. Elle a de nouveau remué faiblement, faisant mine de vouloir dégager ses bras endoloris, mais sans conviction, comme pour vérifier seulement que cela lui était impossible. Elle a chuchoté deux ou trois mots indistincts et sa tête, soudain, a

18

chaviré de côté ; puis elle s'est remise à gémir, d'une façon plus sourde ; mais ce n'était plus de la peur, pas uniquement de la peur en tout cas. Sa chevelure blonde, dont les boucles brillent encore dans l'obscurité la plus complète, comme si elles avaient des reflets phosphorescents, a roulé de l'autre bord, et, noyant l'invisible visage, est venue balayer le traversin de droite et de gauche, plusieurs fois, alternativement, de plus en plus vite, jusqu'à ce que de longs spasmes successifs lui traversent tout le corps.

Quand elle a semblé morte, j'ai relâché mon étreinte. Je me suis déshabillé très vite et je suis revenu près d'elle. Sa chair était tiède et douce, ses membres avaient leurs articulations toutes molles, complaisantes ; elle était devenue malléable comme une poupée de chiffon.

J'ai eu de nouveau cette impression de grande fatigue, déjà ressentie en montant l'escalier, un moment auparavant. Laura s'est endormie tout de suite dans mes bras.

— Pourquoi est-elle si nerveuse ? Vous comprenez que cela représente un danger supplémentaire, inutilement.

— Non, dis-je, elle ne semble pas anormalement nerveuse... Elle est quand même très jeune... Mais elle tiendra le coup. C'est aussi une période assez dure que nous traversons. »

Je lui raconte alors l'histoire du type en ciré noir qui monte la garde devant ma porte. Il me demande si j'ai la certitude que c'est moi dont l'homme surveille les allées et venues. Je lui réponds que non : je n'ai pas l'impression que ce soit moi. Il me demande encore, après un silence, s'il y a quelqu'un d'autre à surveiller dans les parages. Je réponds que je n'en sais rien, mais qu'il peut y avoir quelqu'un et que je ne le sache pas.

Ce soir, quand je suis sorti, l'homme était à sa place habituelle, toujours dans le même costume et la même posture : les deux mains enfoncées profondément dans les poches de son imperméable, les jambes légèrement écartées. Il n'y avait personne autour de lui, à présent, et tout son personnage, bien carré dans ses vêtements comme un factionnaire, manquait à ce point de discrétion que je me suis demandé s'il cherchait vraiment à passer inaperçu.

J'avais à peine refermé la porte derrière moi que j'ai vu les deux policiers qui venaient dans notre direction. Ils portaient la casquette plate des milices, dont le bord antérieur est très relevé, avec l'écusson au-dessous et une large visière vernie. Ils marchaient d'un pas de patrouille, exactement dans l'axe de la rue. Mon premier mouvement a été de rouvrir ma porte, pour attendre à l'intérieur que le danger se soit éloigné, tout en observant derrière la petite grille la suite des événements. Mais j'ai pensé aussitôt que c'était absurde de me cacher d'une manière aussi ostensible. Le geste que j'ai fait pour toucher la clef dans ma poche pouvait n'être, d'ailleurs, que cette tardive précaution machinale dont j'ai déjà parlé.

J'ai descendu calmement les trois marches de pierre. L'homme à l'imperméable n'avait pas encore — semble-t-il — remarqué la présence des miliciens, ce qui m'a paru bizarre. Bien qu'ils fussent encore à une distance de presque deux blocs, on entendait distinctement le bruit régulier de leurs bottes sur l'asphalte. La rue était vide de toute voiture, et déserte à l'exception de ces quatre personnages : les deux policiers, l'homme immobile et moi.

Hésitant une seconde entre les deux directions possibles, j'ai d'abord cru qu'il serait plus sage d'aller dans le même sens que les soldats et de tourner au premier carrefour, avant qu'ils n'aient pu voir de près mon visage. Il est en effet fort douteux qu'ils aient, sans raison précise, accéléré leur allure pour me rattraper. Mais, après trois pas de ce côté, j'ai réfléchi qu'il valait mieux affronter franchement l'épreuve, plutôt que de me signaler par cette conduite qui pouvait avoir l'air suspecte. J'ai donc rebroussé chemin pour longer les maisons dans l'autre sens, vers les miliciens qui poursuivaient leur avance uniforme et rectiligne. Sur le trottoir d'en face, l'homme au chapeau de feutre me suivait tranquillement des yeux, comme avec indifférence : parce qu'il n'aurait eu rien d'autre à contempler.

J'ai marché en regardant droit devant moi. Les deux soldats ne présentaient aucun caractère particulier. Ils portaient la vareuse bleu-marine et le ceinturon de cuir à baudrier, avec la mitraillette sur la hanche. Ils étaient de la même taille — plutôt grands — et avaient des visages assez semblables : figés, attentifs, absents. En arrivant à leur hauteur, je n'ai pas tourné la tête vers eux.

Mais, quelques mètres plus loin, j'ai voulu savoir comment se passait la rencontre avec l'autre, et j'ai jeté

21

un coup d'œil en arrière. L'homme au ciré noir avait enfin aperçu les policiers (sans doute au moment où ceux-ci s'étaient trouvés entre lui et moi, dans la ligne de son regard qui m'accompagnait toujours), et il a eu, juste à cet instant, un geste de la main droite, vers le bord de son chapeau rabattu sur le front...

Je n'ai même pas eu le temps de m'interroger sur la signification de ce geste. Les deux miliciens, d'une façon imprévisible, d'un même mouvement se sont retournés pour fixer les yeux sur moi, s'immobilisant sur place d'un seul coup.

Je ne peux pas dire ce qu'ils ont fait ensuite, car je me suis immédiatement remis en marche, dans une instinctive volte-face dont j'ai regretté aussitôt la brusquerie. D'ailleurs, toute ma conduite depuis le début de la scène ne venait-elle pas de me trahir : une hésitation (et sans doute un mouvement de recul) sur le seuil de la porte en apercevant les policiers, puis un changement de direction inopiné qui dénonçait l'intention primitive de fuir, une raideur excessive enfin au moment de croiser la patrouille, alors qu'il aurait été plus normal de dévisager comme par hasard les deux hommes, surtout si c'était pour se retourner ensuite vers eux afin de les observer par derrière. Tout cela, évidemment, justifiait leurs soupçons et leur désir de voir ce que cet individu manigançait dans leur dos.

Mais quel rapport y a-t-il entre cette méfiance compréhensible et le geste ambigu ébauché par l'autre personnage ? Cela ressemblerait presque à un petit salut d'habitué : la main, jusque-là ne quittant jamais la poche de l'imperméable, qui soudain se montre et remonte avec négligence jusqu'au bord cabossé du chapeau mou. Il est difficile en tout cas de croire que l'intention de cette sentinelle placide était de rabattre davantage le feutre sur les yeux pour dissimuler tout à fait sa figure aux miliciens... La main qui sort de la poche et lentement s'élève ne leur désigne-t-elle pas au contraire le passant qui s'éloigne, repéré par les inspecteurs depuis plusieurs jours et dont le comportement louche vient une fois encore d'aggraver les charges déjà lourdes qui pèsent sur lui ?

Cependant, il n'en continue pas moins sa route, pressant même le pas, tout en s'efforçant de ne pas le laisser trop paraître aux trois témoins demeurés en arrière : devant la maison peinte en bleu vif, les deux policiers sont toujours figés comme des statues, leur regard sans expression rivé à cette silhouette fuyante, bientôt minuscule au bout de la longue rue rectiligne, tandis que la main gantée de l'homme en noir achève, dans une trajectoire au ralenti, de se poser contre l'extrême bord du chapeau de feutre.

Là-bas, comme s'il pensait être désormais hors de vue, le personnage suspect se met à descendre l'invisible escalier d'une bouche de métro qui s'ouvre devant lui, au ras du sol, perdant ainsi successivement ses jambes, son torse et ses bras, ses épaules, son cou, sa tête.

Laura, derrière la fenêtre qui correspond au couloir du deuxième étage, tout en haut de l'escalier de fer, regarde en bas la longue rue, vide à cette heure-ci de tout passant, ce qui rend encore plus spectaculaires les

23

trois présences inquiétantes. L'homme en noir qu'elle a remarqué déjà depuis plusieurs jours (depuis quand ?) est à son poste, comme elle s'y attendait, bien installé dans son large imperméable en toile cirée. Mais deux gendarmes à casquette plate, portant les grosses bottes et la mitraillette, avançant côte à côte au milieu de la chaussée, se sont en outre arrêtés maintenant à quelques pas du premier observateur — qui leur fait un signe de la main — et se retournent avec ensemble pour regarder ce qu'il désigne : la fenêtre où se trouve Laura.

Celle-ci fait un brusque saut en arrière, assez rapide pour que ni les policiers ni l'indicateur ne puissent avoir le temps de terminer leur mouvement de tête vers le haut avant qu'elle n'ait elle-même disparu de l'emplacement désigné par la main gantée de noir. Mais son recul a été si vif et incontrôlé qu'il s'est accompagné d'un geste maladroit de la main gauche, dont la grosse bague en argent est venue frapper un carreau avec violence.

Le choc a produit un son net et clair. En même temps est apparue, s'étendant à toute la surface du rectangle, une fêlure en étoile à multiples rayons. Mais aucun morceau ne s'en détache, si ce n'est, avec un retard notable, un petit triangle de verre très pointu, long de cinq ou six centimètres, qui bascule lentement vers l'intérieur et choit sur le carrelage avec un bruit cristallin, se brisant à son tour en trois fragments plus menus.

Laura contemple un long moment la vitre cassée, puis à travers le carreau voisin, qui est semblable mais intact, le mur bleu de la maison d'en face, puis les trois petits bouts de verre éparpillés sur le sol, et de nouveau la vitre étoilée. De la position en retrait qu'elle occupe à présent dans le couloir, elle ne voit plus du tout la rue. Elle se demande si les hommes qui la surveillent ont entendu le bruit de verre cassé, et s'ils peuvent apercevoir le trou qu'elle vient de faire dans le carreau situé au-dessous et à gauche de la poignée en fer de la crémone. Il faudrait, pour s'en assurer, mettre l'œil à ce trou, en se baissant pour approcher de la fenêtre et en remontant ensuite progressivement le visage contre la paroi de verre.

Mais la vitre inférieure risque elle-même déjà de n'être pas dissimulée aux regards, du point de vue qu'occupe l'homme au ciré noir et au chapeau mou, par la plate-forme de l'escalier extérieur, d'ailleurs discontinue, faite d'étroites lames de fer parallèles mais non jointives, qui laissent subsister entre elles des jours d'une égale largeur par où l'on doit pouvoir épier, dans un sens comme dans l'autre... Dans ce sens-ci — c'est-à-dire de haut en bas — sans doute plus commodément, car la plate-forme métallique en question est beaucoup plus proche de la fenêtre que du sol. Il n'en demeure pas moins que la ligne droite joignant le carreau le plus bas au bord rabattu du chapeau de feutre passe peut-être largement au-dessus ; et cela à plus forte raison pour la vitre brisée.

La jeune femme, une fois de plus, pense alors que son frère lui a interdit, sous peine de punition sévère, de se montrer aux croisées donnant sur la rue, son frère qui a dû quitter la maison juste au moment où les gendarmes arrivaient dans les parages : elle ne l'a pas vu sortir ni s'éloigner, mais, quand il s'en va, il reste de toute façon sur ce trottoir-ci, entièrement invisible depuis la fenêtre fermée, même pour quelqu'un qui colle son nez au carreau.

Il peut aussi bien ne pas être encore sorti, arrivé à temps dans le vestibule du rez-de-chaussée pour se rendre compte du danger, en inspectant les alentours à travers l'ouverture protégée par une grille, percée dans le bois de la porte d'entrée. Et il est toujours, en ce moment-même, à son poste caché d'observation, se demandant pourquoi les trois policiers regardent ainsi en l'air, à moins qu'il n'en ait aussitôt compris la raison, ayant entendu lui-même, d'en bas, le bruit de carreau cassé qui a attiré leur attention vers le deuxième étage.

Et maintenant il est en train de remonter sans bruit l'escalier pour la surprendre en flagrant délit de désobéissance : s'approchant en catimini d'une vitre exposée à tous les regards, et cela par surcroît à la minute précise où le bien-fondé de l'interdiction s'impose de la manière la plus évidente.

Après avoir déposé comme d'habitude sa clef sur le marbre de la console, près du bougeoir en cuivre jaune, il gravit avec lenteur les marches une à une, en s'appuyant à la rampe de bois, car la raideur excessive de l'escalier lui fait ressentir à nouveau la fatigue accumulée depuis plusieurs jours : plusieurs jours de veille, d'attente, de réunions prolongées, de courses en métro ou à pied d'un bout à l'autre de la ville, jusque dans les quartiers les plus excentriques, très loin au-delà du fleuve... Depuis combien de jours ?

Parvenu au palier du premier étage, il s'arrête pour écouter, tendant l'oreille aux menus craquements de la maison. Mais il n'y a ni craquement, ni étoffe froissée, ni souffle contenu ; il n'y a rien, que le silence et des portes fermées sur le couloir vide.

Il reprend sa montée. Laura, qui s'était mise à genoux sur le dallage de terre cuite et commençait à ramper vers la fenêtre, afin de voir ce qui se passait au dehors à présent, soudain prise de peur se retourne et aperçoit, à un mètre seulement de son visage, l'homme penché au-dessus d'elle qu'elle n'a pas entendu venir, mais qui tout à coup la domine de sa masse immobile et menaçante. Dans un réflexe d'enfant prise en faute, elle lève un coude avec précipitation pour se protéger la figure (bien qu'il n'ait pas ébauché le moindre geste de violence à son égard) et, voulant en même temps se reculer pour échapper aux gifles, elle fait un faux mouvement, perd l'équilibre, et se retrouve à demi allongée à la renverse sur le sol, une jambe étendue, l'autre repliée sous elle, le buste redressé sur un coude, l'autre bras toujours levé dans une attitude traditionnelle de défense peureuse.

Elle a l'air extrêmement jeune : seize ou dix-sept ans peut-être. Sa chevelure est d'un blond éclatant ; les boucles souples en désordre encadrent son joli visage terrorisé de multiples reflets d'or, fixés en plein vol dans la vive lumière venant de la fenêtre, qui l'éclaire à contre-jour. Ses longues jambes sont découvertes jusqu'en haut des cuisses, la jupe déjà courte s'étant encore retroussée dans la culbute, ce qui met à nu et bien en valeur leurs lignes plaisantes que l'on suit ainsi presque

27

jusqu'au sexe, dont on pourrait même, à la rigueur, distinguer la présence dans le creux d'ombre, sous l'ourlet relevé de l'étoffe.

En dehors de la posture des deux personnages (qui indique à la fois la rapidité du mouvement et la tension violente de l'arrêt) la scène comporte une trace objective de lutte : un carreau cassé dont les fragments gisent épars sur le dallage aux hexagones réguliers. La fille est en outre blessée à la main, soit qu'elle ait heurté en tombant la vitre brisée, ou bien qu'elle se soit coupée trois secondes plus tard aux aiguilles de verre qui jonchent le sol, soit qu'elle ait elle-même cassé le carreau dans sa chute quand l'homme l'a brutalement poussée contre la fenêtre, à moins encore qu'elle n'ait agi volontairement : brisant la vitre d'un coup de poing dans l'espoir de se procurer un poignard de verre, comme arme défensive contre son agresseur.

Un peu de sang bien rouge, en tout cas, tache le creux de sa paume levée, et aussi, à mieux regarder, un de ses genoux, celui qui se trouve fléchi. Cette teinte vermeille est exactement identique à celle qui colore les lèvres, ainsi que la très petite surface de jupe visible sur l'image. Au-dessus, l'adolescente est vêtue d'un mince pull-over bleu pâle qui moule sa jeune poitrine, fait d'une matière brillante, mais dont l'encolure semble déchirée. On ne lui remarque ni boucles d'oreille, ni collier, ni bracelet, ni alliance ; seule la main gauche porte une grosse bague d'argent, dessinée avec tant de soin qu'elle doit jouer un rôle important dans l'histoire.

L'affiche bariolée se reproduit à plusieurs dizaines

d'exemplaires, collés côte à côte tout au long du couloir de correspondance. Le titre de la pièce est : « Le sang des rêves ». Le personnage masculin est un nègre. Je n'ai jusqu'ici jamais entendu parler de ce spectacle, récent sans doute et dont personne n'a encore rendu compte dans la presse. Quant aux noms des acteurs, d'ailleurs imprimés en très petits caractères, ils me paraissent tout à fait inconnus. C'est la première fois que je vois cette publicité, que ce soit dans le métro ou ailleurs.

Estimant que mon temps d'arrêt a maintenant assez duré pour laisser à d'éventuels poursuivants la possibilité de me rejoindre, je me retourne à nouveau et constate encore une fois que personne ne me suit. Le long couloir, d'un bout à l'autre, est vide et silencieux, très sale comme tous ceux de cette ligne de métro, jonché de papiers divers, depuis les journaux déchirés jusqu'aux emballages de bonbons, et maculé de traces humides plus ou moins innommables. L'affiche toute neuve qui s'étend à perte de vue, en arrière comme en avant, tranche aussi par sa netteté sur le reste des murs, recouverts d'une céramique vernissée qui a dû être blanche à l'origine, mais dont la surface est à présent fendue, écaillée, tachée de coulées brunâtres, abîmée par endroits comme si on l'avait frappée à coups de marteau.

A l'autre extrémité, le couloir débouche sur un vaste espace également désert, une immense salle souterraine sans aucun usage apparent, où rien ne laisse deviner — ni détail de l'architecture ni panonceau indicateur — un sens quelconque de circulation ; à moins que des pancartes ne soient apposées contre certaines des parois, mais celles-ci se trouvent si éloignées, du fait des dimensions considérables du lieu, et l'éclairage électrique y est si faible, qu'on ne discerne rien d'identifiable dans aucune direction, les limites elles-mêmes de cet intervalle inutile et vacant se perdant au loin dans l'incertitude des zones d'ombre.

Le plafond très bas est supporté par d'innombrables colonnettes métalliques, creuses, dont les quatre faces sont ajourées de dessins à fleurs datant d'une époque révolue. Ces colonnes sont très rapprochées, distantes de cinq ou six pas seulement, disposées avec régularité en lignes parallèles et perpendiculaires, ce qui découpe toute la superficie en carrés égaux et contigus. Le quadrillage est d'ailleurs matérialisé au plafond par des poutrelles identiques joignant les sommets deux à deux.

Brusquement le sol d'asphalte est interrompu, sur une grande longueur, par une série d'escaliers aux rampes alternées, montantes et descendantes, dont chaque première marche occupe toute la largeur comprise entre deux piliers en dentelle de fer. L'ensemble paraît conçu pour l'écoulement d'une foule énorme, qui évidemment n'existe plus de toute manière à cette heure-ci. En deux volées disposées à contre-sens, on atteint une salle inférieure, semblable en tout point à celle d'au-dessus. Encore un étage plus bas, je me trouve enfin dans la galerie marchande, brillamment illuminée cette fois par un éclairage cru et multicolore, qui fait d'autant plus mal aux yeux que l'on sort d'un long passage dans la pénombre.

Et, sans transition non plus, c'est à présent la foule : une foule assez clairsemée, mais de densité régulière, composée de personnages isolés ou groupés par deux, exceptionnellement par trois, qui occupent l'ensemble de la surface disponible entre les stands comme à l'intérieur de ceux-ci. Il n'y a là que des adolescents, des garçons pour la plupart, bien qu'un examen attentif révèle chez certains d'entre eux, sous les cheveux courts, le pantalon serré en toile bleue et le chandail à col roulé, ou le blouson de cuir, de probables ou même incontestables corps de filles. Tous se ressemblent par le costume, mais aussi par le visage imberbe, blond et rose, de cette coloration vive et sans nuance qui évoque moins la bonne santé que la peinture dont on recouvre les mannequins dans les vitrines, ou les figures embaumées des cadavres dans les cercueils de verre des cimetières pour chers disparus. L'impression de faux est encore accrue par les poses guindées de ces jeunes gens, qui visent sans doute à exprimer le contentement de soi, la vigueur contenue, le mépris, l'arrogance, alors que leurs attitudes raides et l'ostentation mise dans le moindre geste font plutôt songer à la contrainte de mauvais figurants.

Parmi eux, au contraire, semblables à des gardiens fatigués d'un musée de cire, se traînent çà et là de rares adultes, d'âge indéterminable, discrets et plats comme s'ils cherchaient à ne pas être vus ; et, en fait, on met un certain temps à remarquer leur présence. Ceux-là portent sur leur figure grise, sur leurs traits tirés, dans leur démarche incertaine, les marques bien visibles de l'heure nocturne, déjà très avancée. La clarté blafarde des tubes de néon achève de leur donner des airs de malades ou de drogués ; blancs et nègres y sont presque devenus de la même teinte métallique. Le grand miroir verdâtre d'une devanture me renvoie de moi-même une image tout à fait comparable.

Cependant, jeunes et vieux possèdent un caractère commun, qui est le ralentissement excessif de tous les mouvements, dont la décomposition affectée, chez les uns, la pesanteur extrême chez les autres, font craindre à chaque instant l'arrêt total et définitif. Et tout cela est, en outre, remarquablement silencieux : ni cris, ni paroles à voix trop haute, ni tapage d'aucune sorte ne viennent troubler l'atmosphère feutrée, cotonneuse, piquetée seulement par le cliquetis des leviers de commande et les claquements ou crépitements secs des points marqués sur les appareils enregistreurs.

Car ce souterrain semble entièrement consacré aux jeux : de chaque côté de la vaste allée centrale s'ouvrent de grands halls, où sont alignés en longues travées les engins étincelants aux couleurs criardes : machines à sous dont les fentes énigmatiques, qui respectivement avalent et vomissent la monnaie, sont décorées de manière à rendre plus évidente leur forme d'organe féminin, jeu de hasard permettant de perdre en dix secondes et pour quelques cents des milliers de dollars imaginaires, distributeur automatique de photographies éducatives montrant des scènes de guerre ou d'accouplement, billard électrique dont le tableau totalisateur comporte une série de villas et d'automobiles de luxe, où des incendies s'allument en fonction des performances réalisées par les boules d'acier, tir au fusil à rayon lumineux sur les passants d'une avenue qui défilent dans le champ de l'objectif, cible à fléchettes représentant le corps nu d'une jolie fille cloué en croix de saint André contre une palissade, voitures de course téléguidées, base-ball électrique, visionneuse à films d'horreur, etc.

On trouve aussi, tout à côté, d'immenses magasins de souvenirs où sont offertes en devanture, disposées en files parallèles d'objets semblables, les reproductions en matière plastique des hauts lieux de l'empire, soit, du haut en bas de l'étalage : la statue de la Liberté, les abat-toirs de Chicago, le Bouddha géant de Kamakura, la Villa Bleue à Hong-Kong, le phare d'Alexandrie, l'œuf de Christophe Colomb, la Vénus de Milo, la Cruche cassée de Greuze, l'œil de Dieu taillé dans le roc, les chutes du Niagara avec leurs gerbes d'écume en nylon aux colorations mouvantes. Enfin, il y a les librairies pornographiques, qui ne sont que le prolongement en profondeur de celles de la quarante-deuxième rue, à quelques mètres, ou dizaines de mètres, ou centaines de mètres au-dessus.

Sans mal je découvre la vitrine cherchée, aisément repérable à ceci qu'elle n'expose rien : c'est une grande glace dépolie, uniforme, avec la simple inscription en caractères d'émail de taille modeste : « Dr. Morgan, psychothérapeute ». Je manœuvre la poignée à peine visible d'une porte faite du même verre dépoli, et j'entre dans une toute petite pièce nue, cubique, peinte en blanc sur ses six faces (c'est-à-dire y compris le sol), où se trouvent seulement une chaise tubulaire en aluminium, inoccupée, une table assortie à dessus d'albâtre artificiel sur

33

lequel repose un agenda fermé, dont la couverture de moleskine noire porte le millésime « 1969 » gravé en lettres dorées, et derrière cette table, assise très raide sur une chaise identique à la première, une jeune fille blonde, peut-être assez jolie, impersonnelle, très sophistiquée, vêtue d'une blouse d'infirmière à l'éclatante blancheur, les yeux dissimulés par des lunettes de soleil qui l'aident sans doute à supporter l'éclairage intense, blanc comme tout le reste et réfléchi de tous les côtés par les parois immaculées.

Elle me dévisage sans rien dire. Ses lunettes ont des verres si foncés qu'il est impossible même de deviner la forme de ses yeux. Je me décide à prononcer la phrase, en détachant les mots avec soin comme si chacun d'eux était porteur d'un sens isolé : « Je viens pour une narco-analyse. »

Au bout de quelques secondes de réflexion, elle me donne la réponse attendue, mais d'une voix bizarrement naturelle, gaie, spontanée, qui s'est déclenchée de façon subite : « Oui... Il est bien tard... Quel temps fait-il dehors en ce moment ? » Et aussitôt sa physionomie se fige de nouveau, tandis que tout son corps a retrouvé à l'instant sa raideur de mannequin. Mais je réponds du tac au tac, toujours du même ton neutre, en faisant un sort à chaque syllabe : « Dehors il pleut. Dehors on marche sous la pluie en courbant la tête.

— C'est bien, dit-elle (et il y a soudain une espèce de lassitude dans sa voix), êtes-vous un client habituel ou bien venez-vous pour la première fois ?

— C'est la première fois que je viens ici. »

Alors, après m'avoir encore pendant un certain temps considéré — du moins je l'imagine — derrière ses lunettes noires, la jeune fille se lève, fait le tour de la table et, sans que l'exiguïté de la pièce le justifie si peu que ce soit, me frôle avec une telle insistance que son parfum reste accroché à mes vêtements ; elle me désigne en passant la chaise vide, continue jusqu'au mur du fond, se retourne vers moi pour dire : « Asseyez-vous. »

Et aussitôt elle a disparu, par une porte si bien dissimulée dans la paroi blanche que je n'en avais même pas remarqué la poignée de verre. La continuité de la surface s'est d'ailleurs rétablie si vite que je pourrais maintenant douter de l'avoir vue s'entrouvrir. Je viens à peine de m'asseoir que, par la porte opposée donnant sur la galerie marchande, entre un des hommes au visage gris de fer que j'ai aperçu quelques minutes plus tôt arrêté devant la vitrine d'une librairie : son corps était tourné vers l'alignement des revues et journaux spécialisés exposés en montre, mais sa tête tantôt regardait de droite et de gauche, comme s'il avait craint d'être surveillé, tantôt au contraire se fixait délibérément sur un illustré de luxe dont toute une rangée d'exemplaires identiques s'étalait à hauteur d'œil, offrant sur sa couverture en couleur la photographie grandeur nature d'un sexe de femme largement ouvert.

A présent il me regarde, puis la table et la chaise vide qui se trouve derrière. Enfin il se décide à prononcer la phrase : « Je viens pour une narco-analyse. » Je pourrais, sans omettre ou changer un seul mot, lui donner la bonne réponse, mais il ne me semble pas que ce soit mon rôle de le faire ; aussi je me contente du début, afin de le mettre quand même en confiance : « Oui... Il est bien tard. » Ensuite j'improvise : « L'assistante du docteur est sortie. Mais je pense qu'elle va revenir.

— Ah bien. Je vous remercie », dit l'homme à la figure grise, qui se retourne vers la vitre dépolie donnant sur le passage commerçant, exactement comme s'il pouvait voir au travers et avait choisi ce spectacle comme distraction, pour aider à passer le temps.

Subitement je suis pris d'un doute, en observant la façon dont est habillé le nouvel arrivant : large imperméable en toile cirée noire et chapeau de feutre mou à bord cabossé... A moins que ce dos ne me rappelle seulement la silhouette inquiète que je viens de voir à l'instant collée à la devanture de la librairie pornographique... Mais voilà que le personnage, comme pour donner plus de consistance encore à l'inquiétant rapprochement que je ne peux m'empêcher de faire, se carrant dans son ciré, enfonce jusqu'au fond des poches confortables ses deux mains gantées de noir.

Sans me laisser le temps d'attendre que l'homme montre à nouveau son visage, pour tenter de retrouver son aspect diurne sous les traits tirés par la fatigue, la jeune fille en blouse d'infirmière opère alors sa rentrée et se débarrasse très vite de moi. Selon ce qu'elle m'a prescrit, je sors par la porte du fond à poignée de verre et je monte un escalier de fer en colimaçon, étroit et raide.

Puis il y a un long couloir, entièrement recouvert (à l'exception du sol) de cette céramique blanche détériorée,

36

déjà signalée lors du parcours à travers la station de métro, dans laquelle en fait je dois toujours me trouver. Au bout du couloir, une petite porte coulissante à œil électrique s'ouvre automatiquement pour me livrer passage et je pénètre enfin dans la salle où, si j'ai bien compris, les ordres pour demain doivent nous être donnés. Il y a là une cinquantaine de personnes. Je me demande aussitôt combien d'indicateurs de police il peut y avoir déjà parmi eux. Comme je suis entré par le fond de la pièce, je ne vois que des dos tournés, ce qui ne facilite pas une tentative d'appréciation, d'ailleurs dérisoire.

Je pensais arriver en avance ; il semble au contraire que la réunion soit déjà commencée depuis un certain temps. Et il ne s'agit pas des précisions matérielles escomptées, concernant l'action imminente. Ce serait plutôt, aujourd'hui, une sorte d'exposé idéologique présenté sous la forme habituelle, dont l'efficacité didactique sur les militants de toutes origines a été reconnue : un dialogue préfabriqué entre trois personnages chargés tour à tour des questions ou des réponses et qui échangent leur rôle par une permutation circulaire à chaque articulation du texte, c'est-à-dire toutes les minutes environ.

Les phrases sont courtes et simples — sujet, verbe, complément — avec de constantes répétitions et antithèses, mais le vocabulaire comporte un assez grand nombre de mots savants appartenant à des domaines variés, philosophie, grammaire ou géologie, qui reviennent avec insistance. Le ton des parleurs reste toujours uni et neutre, même dans la plus grande violence du propos ; les voix sont courtoises, presque souriantes en dépit de la froideur et de la netteté de leur élocution. Ils connaissent tous les trois par cœur jusqu'à la moindre virgule, et l'ensemble du scénario se déroule comme une mécanique, sans une hésitation, sans un faux pas de la mémoire ou de la langue, dans une absolue perfection.

Les trois acteurs portent des complets-vestons sombres, stricts, de bonne coupe, avec chemise impeccable et cravate rayée. Ils sont assis côte à côte, sur une petite estrade, derrière une table de bois blanc en mauvais état, semblable à celles que l'on voyait autrefois dans les cuisines pauvres. Ce meuble se trouve ainsi plus ou moins assorti aux murs et plafond de la salle qui sont encore revêtus ici des mêmes carreaux de faïence délabrés, dont les lentes infiltrations d'humidité ont détaché par endroits des plaques de forme irrégulière, laissant voir des surfaces grisâtres de ciment grossier, limitées aux joints de la céramique par des lignes en escalier ou en créneaux. Le thème de la leçon du jour paraît être « la couleur rouge », envisagée comme solution radicale à l'irréductible antagonisme entre le noir et le blanc. Les trois voix sont chacune attribuées, à présent, à l'une des actions libératrices majeures se rapportant au rouge : le viol, l'incendie, le meurtre.

Le développement préliminaire, qui touchait à sa fin lors de mon arrivée, devait être consacré aux justifications théoriques du crime en général et à la notion d'acte métaphorique. Les comédiens en viennent maintenant à l'identification et à l'analyse des trois gestes choisis. Le raisonnement qui assimile le viol à la couleur rouge, dans le cas où la victime a déjà perdu sa virginité, est de caractère purement subjectif bien qu'il fasse appel à des travaux récents sur les impressions rétiniennes, ainsi qu'à des recherches concernant les rituels religieux de l'Afrique centrale, au début du siècle, et le sort qu'on y réservait aux jeunes prisonnières appartenant à des races considérées comme ennemies, au cours de cérémonies publiques rappelant les représentations théâtrales de l'antiquité, avec leur machinerie, leurs costumes éclatants, leurs masques peints, leur jeu poussé au paroxysme, et ce même mélange de froideur, de précision, de délire, dans la mise en scène d'une mythologie aussi meurtrière que cathartique.

La foule des spectateurs, face à l'hémicycle déterminé par la rangée courbe des palmiers à huile, danse d'un pied sur l'autre en martelant l'aire de terre rouge, toujours au même rythme lourd qui s'accélère cependant peu à peu de façon imperceptible. Chaque fois qu'un des pieds touche le sol, le buste s'incline en avant tandis que l'air sort des poumons en produisant un sourd ahan, qui semble accompagner quelque travail pénible de bûcheron avec sa cognée ou de laboureur avec sa houe à bras. Sans que je puisse en déceler la raison, je me mets à revoir la jeune femme sophistiquée, déguisée en infirmière, qui reçoit les prétendus malades mentaux du docteur Morgan dans la petite pièce étincelante, juste au moment où elle me frôle de ses cheveux artificiellement dorés, de sa poitrine sans doute fausse qui gonfle la blouse blanche et de son parfum violent.

Elle prolonge le contact d'une façon appuyée, provocante, inexplicable. On dirait qu'un obstacle invisible se dresse au milieu de la pièce et qu'elle doit se faufiler entre lui et moi, en ondulant des hanches dans une sorte de reptation verticale, pour franchir l'étroit passage. Et, pendant ce temps, le martèlement des pieds nus sur le sol d'argile continue avec une cadence de plus en plus rapide, accompagné d'un halètement collectif de plus en plus rauque, qui finit par couvrir le bruit des tam-tams frappés par les musiciens accroupis sur le devant de la scène, dont la rangée jointive ferme d'une ligne droite le demi-cercle des palmiers.

Mais les trois acteurs, sur l'estrade, en arrivent maintenant au second volet de leur triptyque, c'est-à-dire à l'assassinat ; et la démonstration peut cette fois-ci, au contraire, demeurer sur un plan parfaitement objectif en se basant sur le sang répandu, à condition toutefois de se limiter aux méthodes provoquant une hémorragie externe assez abondante. Il en va de même ensuite pour le troisième volet, qui fait appel à la couleur traditionnelle des flammes, dont on s'approchera au maximum en se servant d'essence pour mettre le feu.

Les spectateurs, assis en rangs parallèles sur leurs chaises de cuisine, sont aussi immobiles dans leur attention religieuse que des mannequins de son. Et comme je suis resté tout au fond de la salle, debout contre le mur puisqu'il n'y avait plus de place libre, et que par conséquent je ne vois d'eux que des dos, je peux m'imaginer qu'ils n'ont pas du tout de visage, qu'ils sont de simples vestons bourrés, surmontés d'une perruque rase et crépue. Les orateurs, de leur côté, jouent d'ailleurs

leurs rôles d'une façon parfaitement abstraite, parlant toujours droit devant eux sans que leur regard se fixe sur qui que ce soit, comme s'il n'y avait personne en face, comme si la salle était vide.

Et c'est en chœur à présent, récitant avec ensemble le même texte tous les trois, de la même voix neutre et saccadée où aucune syllabe ne dépasse, qu'ils donnent la conclusion de l'exposé : le crime parfait, qui combine les trois éléments étudiés ici, serait la défloration opérée de force sur une fille vierge, choisie de préférence à la peau laiteuse et aux cheveux très blonds, la victime étant ensuite immolée par éventration ou égorgement, son corps nu ensanglanté devant être brûlé pour finir sur un bûcher arrosé de pétrole, embrasant de proche en proche toute la maison.

Le hurlement de terreur, de souffrance, de mort, m'emplit encore les oreilles tandis que je contemple l'amoncellement des draps défaits et du linge blanc, répandus en chiffon sur le sol, autel improvisé dont les replis se teintent peu à peu d'un rouge éclatant, en une tache au pourtour net qui, partie du centre, gagne avec rapidité de proche en proche.

Le feu au contraire, dès que l'allumette a effleuré un bout de dentelle imbibé d'essence, s'est répandu dans toute la masse d'un seul coup, faisant disparaître aussitôt l'hostie déchirée qui bougeait encore faiblement, le tas d'étoffes ayant servi au sacrifice, le couteau de chasse, la chambre entière, d'où j'ai eu juste le temps de sortir.

En arrivant au milieu du couloir, je m'aperçois que l'incendie ronfle déjà dans la cage d'escalier, du haut en

41

bas de l'immeuble, où je me suis trop attardé. Heureusement, il restait les échelles de fer extérieures, qui descendent en zigzag le long de la façade. Rebroussant donc chemin, je me précipite à l'autre bout vers la porte-fenêtre. Elle est fermée. J'ai beau forcer sur la poignée dans tous les sens, je n'arrive pas à manœuvrer la crémone. La fumée âcre m'emplit les poumons et m'aveugle. D'un violent coup de pied, appliqué au bas de la croisée avec le plat de ma semelle, je fais voler en éclats quatre vitres et les petits bois qui les séparent. Le verre cassé tinte avec un son clair en retombant sur la passerelle métallique. J'entends en même temps, qui m'arrive avec l'air frais du dehors et couvre le vrombissement des flammes, la clameur de la foule massée tout en bas, dans la rue.

Je me glisse par l'ouverture et je commence à dévaler les degrés de fer. De tous côtés, à chaque étage, d'autres vitres éclatent sous la chaleur du brasier. Leur carillon, qui s'amplifie sans cesse, m'accompagne dans ma course. Je saute les marches deux par deux, trois par trois.

De temps en temps, je prends une seconde pour me pencher par-dessus la rambarde : il me semble que la foule, à mes pieds, est de plus en plus lointaine ; je ne distingue même plus les unes des autres les têtes minuscules levées vers moi ; il n'en reste bientôt qu'une tache un peu plus noire, dans la nuit qui tombe, qui n'est peut-être qu'un reflet de la chaussée, mouillée par la récente averse. Les cris de tout à l'heure ne forment plus déjà qu'un bruissement diffus, qui se confond avec la rumeur de la ville. Et le timbre avertisseur d'une voiture de pompiers qui passe au loin, en répétant ses deux notes plaintives, a quelque chose de rassurant, de tranquille, de quotidien.

Je referme la porte-fenêtre, dont la crémone a besoin d'être huilée. C'est désormais le complet silence. Lentement, je me retourne vers Laura, qui est demeurée quelques mètres en arrière, dans le corridor. « Non, dis-je, il n'y a personne.

— Pourtant il est resté là, comme en faction, toute la journée.

— Eh bien, maintenant, il est parti. »

Dans l'angle rentrant de l'immeuble d'en face, je viens de voir distinctement le ciré noir, rendu plus brillant encore par la pluie, qui luit dans la clarté jaune du proche réverbère.

Je demande à Laura de me décrire le personnage dont elle parle ; elle me donne aussitôt le signalement déjà connu, d'une voix lente, incertaine dans son élocution mais précise dans ses souvenirs. Je dis, pour dire quelque chose :

« Pourquoi crois-tu qu'il surveille cette maison-ci ? » Et mon ton me semble à moi-même manquer de conviction.

« A intervalles réguliers, dit-elle, il lève les yeux vers les fenêtres.

— Quelles fenêtres ?

— Celle-ci et celles des deux chambres vides, de chaque côté.

— Alors il t'a vue à celle-ci ?

— Non, il n'a pas pu : je suis trop en arrière et l'inté-

43

rieur est trop sombre. Les vitres ne lui renvoient que
le ciel.

— Comment le sais-tu ? Tu es sortie ?

— Non ! Non ! Non ! » Elle a l'air prise de panique,
à cette idée. Puis, quelques secondes après, plus calme,
elle ajoute : « J'ai calculé, en faisant un croquis. »

Je dis : « En tout cas, puisqu'il est parti, c'est qu'il
surveillait autre chose, ou qu'il attendait là par hasard,
ou bien qu'il espérait que la pluie allait finir, pour
pouvoir continuer sa route.

— Il n'a pas plu toute la journée », répond-elle. Et
je devine, au son de sa voix, que de toute manière elle
ne me croit plus.

De nouveau, je pense que Frank doit avoir raison :
cette fille représente un danger, parce qu'elle cherche à
en savoir plus qu'elle ne peut supporter. Il va falloir
prendre une décision.

« Et puis, il était déjà là hier », dit Laura.

Je fais un pas dans sa direction. Elle fait aussitôt un
pas en arrière, en gardant ses yeux braves et craintifs
fixés sur les miens. Je m'avance d'un pas encore, puis
d'un autre. A chaque fois, Laura recule d'autant. « Je
vais être obligé... » commencé-je en cherchant mes mots...

C'est à ce moment que, au-dessus de nos têtes, quelque chose s'est fait entendre : c'étaient, discrets mais
nettement perceptibles, comme trois petits coups frappés
sur une porte par quelqu'un qui voudrait entrer dans
une des chambres. Toutes ces pièces-là sont vides, et
il n'y a personne d'autre que nous dans la maison. Ce
pouvait être un craquement du bois, qui nous avait paru

44

anormalement distinct parce que nous faisions nous-mêmes si peu de bruit en marchant à pas comptés sur le carrelage. Mais, à mi-voix, Laura a dit :

« Vous avez entendu ?

— Entendu quoi ?

— On a frappé.

— Non, dis-je, c'est moi que tu as entendu. »

J'étais alors arrivé à la hauteur de l'escalier, et j'avais posé une main sur la rampe. Pour la rassurer, j'ai, sans bouger la paume ni les autres doigts, donné trois coups secs du bout d'un ongle sur le bois rond. Laura a sursauté, et elle a regardé ma main. J'ai refait mon geste, une deuxième fois, sous ses yeux. Malgré la bonne ressemblance de mon imitation, elle n'a pas dû être tout à fait convaincue. Elle a regardé le plafond, puis de nouveau ma main. J'ai recommencé à marcher lentement vers elle, qui a continué en même temps à reculer.

Elle était presque parvenue ainsi devant la porte de sa chambre, quand nous avons entendu derechef ce même bruit à l'étage au-dessus. Nous nous sommes arrêtés tous les deux et nous avons écouté, tendus vers l'endroit d'où cela semblait venir. Laura a murmuré, tout bas, qu'elle avait peur.

Je n'avais plus la main sur la rampe, à présent, ni sur quoi que ce fût. Et il m'était difficile d'inventer autre chose du même genre.

« Eh bien, dis-je, je vais monter voir. Mais ça doit être une souris. »

Aussitôt, j'ai fait demi-tour pour revenir à la cage d'escalier. Laura est entrée précipitamment dans sa chambre, dont elle a essayé de fermer la porte à clef. En vain, naturellement, puisque la serrure est bloquée depuis que j'y ai introduit un clou, dans cette intention. Comme d'habitude, Laura s'est acharnée quelques instants, sans réussir à faire jouer le pêne ; puis elle a renoncé et s'est dirigée vers le lit resté ouvert, où elle s'est sans doute cachée tout habillée. Elle n'a même pas eu à enlever ses chaussures, puisqu'elle est toujours pieds nus, comme je crois l'avoir déjà signalé.

Au lieu de monter jusqu'aux chambres d'en haut, je me suis mis tout de suite à descendre. La maison, comme je l'ai dit, comprend quatre étages identiques, en comptant le rez-de-chaussée. Il y a cinq pièces à chaque étage, dont deux donnent sur la rue et deux, par derrière, sur la cour d'une école municipale de filles ; la dernière pièce, qui s'ouvre en face de l'escalier, n'a pas du tout de fenêtres. Au niveau où nous couchons, c'est-à-dire le troisième, cette chambre aveugle est une très grande salle de bains. Quelques pièces du rez-de-chaussée nous servent aussi : celle, par exemple, que j'ai appelée la bibliothèque. Tout le reste de la maison est inhabité.

— Pour quelle raison ?

— L'immeuble entier comporte, selon ce que je viens de dire, vingt pièces. C'est beaucoup trop pour deux personnes.

— Pourquoi avez-vous loué une aussi grande maison ?

— Non. Je n'en suis pas le locataire, mais seulement le gardien. Les propriétaires veulent l'abattre, pour construire quelque chose de plus haut et de plus moderne. S'ils louaient des appartements, ou des chambres, cela risquerait de leur créer des difficultés lors de la démolition.

— Vous n'avez pas achevé l'histoire de l'incendie. Que s'est-il passé quand l'homme qui descendait par l'escalier de fer est arrivé en bas ?

— Les pompiers avaient mis une petite échelle pour faire le raccord entre la plate-forme inférieure et le sol. L'homme au visage gris s'est laissé dégringoler, plus qu'il n'a descendu les derniers barreaux. Le lieutenant des pompiers lui a demandé s'il y avait encore quelqu'un dans la maison. L'homme a répondu sans hésiter qu'il n'y avait plus personne. Une femme âgée, qui était en larmes et venait — si j'ai bien compris — d'échapper aux flammes, a répété pour la troisième fois qu'une « demoiselle », qui habitait au-dessus de son propre logement, avait disparu. L'homme a affirmé que l'étage en question était vide, ajoutant que sans doute cette jeune fille blonde avait déjà quitté sa chambre lorsque le feu s'était déclaré, peut-être justement chez elle : si elle avait oublié un fer électrique branché, ou laissé allumé un réchaud à gaz, ou à pétrole...

— Et ensuite, qu'avez-vous fait ?

— Je me suis perdu dans la foule. »

Il achève de noter ce qui l'intéresse dans le rapport que je viens de faire. Puis il lève les yeux de ses papiers et demande, sans que je voie le lien avec ce qui précède :

« Celle que vous appelez votre sœur était-elle à la maison à ce moment-là ?

— Oui, évidemment, puisqu'elle ne sort jamais.

— Vous en êtes sûr ?

47

« — Oui, absolument sûr. »

Auparavant, et sans plus de raison, il m'avait demandé comment je m'expliquais la couleur des yeux, de la peau et des cheveux de Laura. Je lui avais répondu que c'était là, probablement, ce qu'on appelait une « chabine ». Cet entretien étant terminé, je me suis dirigé vers le métro, pour rentrer chez moi.

Pendant ce temps, Laura est toujours blottie sous ses draps et couvertures, remontés jusque par-dessus la bouche. Mais elle a les yeux grands ouverts, et elle écoute de toute sa force, pour essayer de deviner ce qui se passe au-dessus d'elle. Il n'y a pourtant rien à écouter, tant le silence de la maison entière est lourd, absolu, effrayant. Au bout du couloir, l'assassin, qui est monté tranquillement par l'escalier métallique extérieur, est en train à présent d'enlever avec précaution les morceaux de verre du carreau qu'il a trouvé cassé en arrivant ; grâce au trou laissé par le petit triangle de vitre déjà tombé, l'homme peut saisir une à une entre deux doigts les pointes effilées qui constituent l'étoile, et achever de les détacher en dégageant leur base de sa rainure, entre le bois et le mastic sec. Quand il a, sans se presser, terminé ce travail, il ne lui reste qu'à passer la main par le rectangle béant, où il ne risque plus de s'ouvrir les veines du poignet, et à manœuvrer sans faire aucun bruit la crémone, qui vient d'être huilée. Le battant pivote ensuite, silencieusement, sur ses gonds. Laissant l'issue entrouverte, prête pour la fuite une fois son triple crime accompli, l'homme aux gants noirs s'avance à pas feutrés sur le dallage de brique.

Déjà la poignée de la porte bouge imperceptiblement. La jeune fille, à demi redressée dans son lit, fixe de ses yeux exorbités le bouton de cuivre en face d'elle. Elle voit la tache brillante, qui est l'image de la petite lampe de chevet sur le métal poli, qui tourne avec une lenteur insupportable. Comme si elle sentait déjà sous elle les draps en désordre inondés de sang, elle pousse un hurlement de terreur.

Il y a de la lumière sous la porte, puisque je viens d'allumer la minuterie en montant. Je me dis que les cris de Laura vont finir par ameuter nos voisins de rue. Dans la journée, les enfants de l'école les entendent à coup sûr de leur cour de récréation. Je gravis les étages avec lassitude, les jambes lourdes, épuisé par une journée de courses encore plus chargée que d'ordinaire. J'ai même besoin, ce soir, de la rampe pour m'appuyer. En arrivant au palier du second, je laisse par mégarde tomber mon trousseau de clefs, qui sonne contre les barreaux de fer avant d'atteindre le sol. Je m'aperçois alors que j'ai omis de déposer ces clefs sur la console du vestibule, au rez-de-chaussée, comme j'ai coutume de le faire chaque fois que je rentre. J'attribue cet oubli à ma fatigue et au fait que je pensais à autre chose en refermant ma porte : une fois de plus, à ce que vient de me dire Frank au sujet de Laura, et que je dois probablement considérer comme un ordre.

Cela se passait au « Vieux Joë ». L'orchestre y fait un tel vacarme que l'on peut se parler affaires sans risque d'être écouté par des oreilles indiscrètes. Le problème serait plutôt, quelquefois, de se faire comprendre par l'interlocuteur, contre le visage duquel on se penche au maximum. A notre table, il y avait aussi, tout d'abord, l'intermédiaire qui se fait appeler Ben Saïd, qui se taisait comme d'habitude en présence de celui que nous considérons tous plus ou moins comme le chef. Mais quand Frank s'est levé pour aller vers les toilettes (sans doute, en réalité, vers le téléphone), Ben Saïd m'a dit tout de suite que j'étais suivi et qu'il préférait me prévenir. J'ai feint l'étonnement et j'ai demandé s'il savait pourquoi.

« Y a tant de mouchards, a-t-il répondu, c'est normal qu'on se méfie. » Il a ajouté qu'à son avis, d'ailleurs, presque tous les agents d'exécution étaient surveillés.

« Alors pourquoi me le signales-tu, spécialement à moi ?

— Eh bien, pour que tu saches. »

J'ai regardé les consommateurs aux autres tables, autour de nous, et j'ai dit :

« Alors mon double est là ce soir ? Tu devrais me le montrer !

— Non, a-t-il répondu sans même tourner la tête pour s'en assurer, ici c'est inutile, il n'y a pratiquement que des hommes à nous. D'ailleurs, je crois que c'est plutôt ta maison qu'on surveille.

— Pourquoi ma maison ?

— Ils pensent que tu ne vis pas seul.

— Si, dis-je après un instant de réflexion, je vis seul à présent.

— C'est possible, mais ils ne veulent pas le croire.

— Qu'ils aillent se faire voir », ai-je énoncé avec calme, pour mettre fin à cette conversation.

Frank revenait à ce moment-là des toilettes. En passant près d'une table, il a dit quelque chose à un type qui s'est aussitôt levé, pour aller prendre son imperméable accroché à une patère. Frank, qui avait continué son chemin, arrivait alors à sa place. Il s'est assis et il a dit brièvement à Ben Saïd que ça y était, qu'il devait y aller maintenant. Ben Saïd est parti sans rien demander d'autre, en oubliant même de me saluer. C'est aussitôt après son départ que Frank m'a parlé de Laura. J'ai écouté, sans répondre. Quand il a conclu : « Voilà, tu peux disposer », j'ai fini mon verre de Marie-Sanglante et je suis sorti.

Dans la rue il y avait, juste devant la porte, un couple d'homosexuels qui passaient en se tenant par le bras, promenant leur petit chien au bout d'une laisse. Le plus grand s'est retourné vers moi et m'a dévisagé avec une insistance dont je me suis demandé la cause. Puis il a chuchoté quelques mots à l'oreille de son ami, tandis qu'ils poursuivaient leur promenade à petits pas. J'ai pensé que peut-être j'avais une saleté sur le visage. Mais, en frottant le dos d'une main sur mes joues, j'ai senti seulement ma barbe naissante.

A la première glace de devanture que j'ai rencontrée, je me suis approché pour me voir. En même temps, j'en ai profité pour jeter un coup d'œil en arrière et j'ai aperçu Frank qui sortait du « Vieux Joë ». Il était accompagné de Ben Saïd, je suis prêt à le jurer, bien que ce dernier soit déjà parti depuis au moins trois quarts d'heure. Ils

51

allaient dans l'autre sens que moi, mais j'ai eu peur que l'un ou l'autre ne se retourne de mon côté, et je me suis collé davantage contre la vitrine comme si son contenu m'intéressait au plus haut point. C'était la boutique de perruques et masques dont je connais pourtant l'étalage depuis longtemps.

Il s'agit de masques en matière plastique souple, fabriqués avec beaucoup d'art et de réalisme, qui n'ont aucun rapport avec ces grossières figures en carton bouilli dont les enfants s'affublent pour le carnaval. Les modèles sont exécutés sur mesure à la demande des clients. Au milieu des sujets exposés en montre, il y a une grande pancarte qui imite un graffiti peinturluré à la hâte : « Si vous n'êtes pas content de vos cheveux, mettez-en d'autres. Si vous n'aimez pas votre peau, changez-en ! » Ils vendent aussi des gants de caoutchouc aéré qui remplacent totalement l'aspect des mains — forme, couleur, etc. — par une nouvelle apparence extérieure choisie sur catalogue.

Encadrant sur ses quatre côtés le slogan central, s'alignent en bon ordre les têtes d'une vingtaine de présidents des Etats-Unis. L'un d'eux (dont j'oublie le nom, mais qui n'est pas Lincoln) a été représenté au moment de son assassinat, avec le sang qui coule sur sa figure, d'une blessure située juste au-dessus de l'arcade sourcillière ; mais, en dépit de ce détail, l'expression du visage est celle, souriante et sereine, qui a été popularisée par d'innombrables reproductions de toute nature. Ces masques-là, même ceux qui ne sont pas troués d'une balle de revolver, ne doivent se trouver en montre que pour témoigner de l'extrême habileté de la maison (afin que les passants puissent constater le caractère vivant de la ressemblance sur des traits familiers, y compris ceux du président en exercice que l'on voit tous les jours sur les écrans de la télévision) ; ils ne sont sûrement pas d'un usage courant, pour la ville, contrairement aux types anonymes qui constituent la rangée inférieure, accompagnés chacun d'une courte notice pour en indiquer l'emploi et vanter ses mérites à la clientèle, par exemple : « Psychanalyste, cinquantaine, visage fin et intelligent ; air attentif malgré les signes de fatigue, qui sont la marque de l'étude et du travail ; se porte de préférence avec des lunettes. » Et à côté : « Homme d'affaires, quarante à quarante-cinq ans, hardi et sérieux ; la forme du nez indique la ruse en même temps que la droiture ; une bouche qui plaît, avec ou sans moustaches. »

Les perruques — des deux sexes, mais surtout pour dames — sont placées à la partie supérieure de la vitrine ; au milieu, une longue chevelure blonde retombe en boucles soyeuses jusque sur le front d'un des présidents. Enfin, tout en bas, accouplés par paires sur une bande de velours noir posée à plat, des faux seins de jeunes femmes (de toutes les tailles, galbes et coloris, avec des aréoles et mamelons variés) sont offerts pour — à ce qu'il semble — au moins deux utilisations. En effet, un petit tableau latéral en expose le mode de fixation sur la poitrine (avec une variante pour les torses masculins), ainsi que la manière d'en faire passer inaperçu le pourtour, car seul ce point délicat peut trahir l'artifice, tant par ailleurs l'imitation de la matière charnue comme du grain de la peau est parfaite. Et d'autre part, pourtant, l'un de ces objets — qui appartient également à une paire, dont le deuxième sein est intact — a été criblé de multiples aiguilles de diverses grosseurs, pour montrer que l'on peut s'en servir aussi comme pelote à épingles. Tous les postiches proposés ici ont une telle vraisemblance que l'on s'étonne de ne pas voir perler, à la surface nacrée de ce dernier, de fines gouttes de rubis.

Les mains, elles, se promènent éparses à travers toute la devanture. Quelques-unes sont posées, de manière à former des éléments d'anecdote en liaison avec un autre article : une main de femme sur la bouche du vieil « artiste d'avant-garde », deux mains entrouvrant une masse de cheveux roux, une main d'homme très noire déformant un sein rose pâle, deux mains puissantes crispées autour du cou de la « starlette de cinéma ». Mais les plus nombreuses volent un peu partout dans les airs, agiles et diaphanes. Il me semble même qu'il y en a beaucoup plus, ce soir, que les autres jours. Elles se déplacent avec grâce, suspendues à des fils invisibles ; elles ouvrent les doigts, se renversent, se tournent, se referment. On dirait vraiment que ce sont des mains de jolies femmes fraîchement coupées. Plusieurs d'entre elles ont d'ailleurs du sang qui s'écoule encore du poignet, tranché net sur le billot d'un coup de hache bien aiguisée.

Et les têtes décapitées, elles aussi — je ne l'avais pas remarqué tout d'abord — saignent abondamment, celles des présidents assassinés, mais toutes les autres encore plus : celle de l'avocat, celle du psychanalyste, celle du vendeur de voitures, celle de Johnson, celle de la barmaid, celle de Ben Saïd, celle du trompettiste qui joue cette semaine au « Vieux Joë » et celle de l'infirmière sophistiquée qui reçoit les clients du docteur Morgan, dans les couloirs de correspondance de la station du chemin de fer métropolitain, par lequel je rentre ensuite jusque chez moi.

En montant l'escalier, comme j'arrive au palier du second étage, je laisse par mégarde tomber mon trousseau de clefs, qui sonne contre les barreaux de fer de la rampe avant de choir sur la dernière marche. C'est alors que Laura, au bout du corridor, se met à hurler. Sa porte, heureusement, n'est jamais verrouillée. Je pénètre dans sa chambre, où je la trouve à demi nue, dressée de terreur sur son lit bouleversé. Je la calme par les méthodes habituelles.

Ensuite elle me demande de lui raconter ma journée. Je lui parle de l'incendie criminel qui a détruit tout un immeuble de la cent vingt-troisième rue. Mais comme elle pose bientôt des questions trop précises, je fais diversion en rapportant l'histoire, dont j'ai été le témoin peu après, de ce couple d'Américains moyens venu chez le fabricant de masques sur les conseils du médecin de famille : ils voulaient se faire faire à chacun la tête de l'autre, afin de pouvoir jouer à l'envers le psychodrame de leurs difficultés conjugales. Laura paraît s'amuser de cette situation, à tel point même qu'elle en oublie de me demander ce que je faisais dans une pareille boutique et comment j'ai pu assister d'aussi près à la conversation.

Je ne lui dis pas que le gérant du magasin travaille avec nous, ni que je le soupçonne d'être un flic. Je ne lui parle pas non plus de la disparition de JR et des recherches la concernant qui ont occupé la plus grande partie de mon temps de travail.

C'est en arrivant au bureau que j'apprends la nouvelle. J'ai déjà raconté comment fonctionne ce bureau. Il s'agit en principe d'un office de placement qui appartiendrait à l'église manichéiste unifiée. Mais, en fait, les domestiques au mois, dames de compagnie ou esclaves diverses, les secrétaires volantes à la journée, les étudiantes faisant du baby-sitting pour la nuit, les call-girls payées à l'heure, etc., sont autant d'agents de renseignement, de rackett ou de propagande, que nous introduisons ainsi dans la société en place. Les réseaux de call-girls, putains de luxe et concubines constituent évidemment nos meilleures affaires, puisque nous en retirons à la fois d'irremplaçables contacts avec les hommes au pouvoir et la plus grande partie de nos ressources financières, même sans compter les chantages éventuels.

JR avait été placée comme baby-sitter, la semaine précédente, en réponse à une petite annonce du *New York Times* : « Père célibataire recherche jeune fille, physique agréable, caractère docile, pour surveillance nocturne enfant révoltée. » L'enfant en question existait vraiment, en dépit du texte bizarrement prometteur de l'annonce : les mots « docile » et « autoritaire » figurant, comme on sait, en tête du vocabulaire codé des spécialistes. En principe, il aurait dû s'agir de participer au dressage d'une petite maîtresse novice, en lui donnant au besoin le bon exemple de la soumission.

Nous avons donc envoyé JR, somptueuse fille de race blanche, pourvue d'une abondante chevelure rousse du plus bel effet dans les scènes intimes, qui s'était déjà chargée plusieurs fois de cas semblables. Elle arrive le soir même à l'adresse indiquée, dans Park Avenue, entre la cinquante-sixième et la cinquante-septième rue, vêtue d'une robe de soie verte, très courte et moulante, qui nous a toujours donné de bons résultats. A sa grande surprise, c'est une petite fille d'une douzaine d'années, ou à peine plus, qui vient lui ouvrir ; elle est seule dans l'appartement, dit-elle en réponse à une question embarrassée de JR, elle s'appelle Laura, elle a treize ans et demi, elle propose de boire un verre de bitter-soda en bavardant, pour faire connaissance...

JR insiste : « J'aurais voulu, évidemment, voir votre père... » Mais la petite fille déclare aussitôt avec aisance que d'une part c'est impossible, puisqu'il est sorti, et que, d'autre part, « vous savez, ce n'est pas vraiment mon père... », ces derniers mots chuchotés à voix plus basse, en confidence, avec un petit rire étouffé pour terminer la phrase dans un embarras mondain très bien imité. Ne s'intéressant guère au problème des enfants adoptés ou bâtards, JR aurait été sur le point de partir tout de suite, si la richesse de la maison — dans le genre milliardaire d'avant-garde — ne l'avait en définitive fait rester, par conscience professionnelle. Elle a donc bu du bitter-soda, servi par la fillette, dans une espèce de boudoir où l'on faisait apparaître des sièges et des petites

57

tables gonflables en appuyant sur des boutons électriques. Pour dire quelque chose, et aussi parce que ça pouvait être un renseignement utile en d'autres circonstances, elle a demandé s'il n'y avait pas de domestiques.

« Eh bien, il y a vous, a répondu Laura avec son plus joli sourire.

— Non, je veux dire, pour faire le ménage, la cuisine...

— Vous ne comptez pas faire le ménage ?

— C'est-à-dire... Je ne pensais pas être venue pour ça... Il n'y a personne d'autre ? »

La petite fille a pris un air ennuyé, qui contrastait avec ses précédentes minauderies d'enfant qui joue à la dame. Et c'est d'une tout autre voix, lointaine et comme pleine de tristesse, ou de désespoir, qu'elle a fini par dire, à contre-cœur : « Il y a une négresse, le matin. »

Puis nous nous sommes tues, toutes les deux, pendant un temps qui m'a paru assez long. Laura buvait sa limonade amère à petites gorgées. J'ai pensé qu'elle n'était pas heureuse, mais je ne venais pas là pour m'occuper de cette question. Et, à ce moment, il y a eu des pas dans la pièce voisine, des pas décidés, lourds, sur un plancher de bois craquant ; je n'ai pas tout de suite réfléchi à l'insolite de ce genre de sol dans un pareil immeuble. J'ai dit : « Il y a quelqu'un, à côté. »

La petite a répondu « Non », sans quitter son air absent.

« Mais on vient d'entendre marcher... Tenez ! Maintenant encore...

— Non, c'est impossible, il n'y a jamais personne,

a-t-elle répondu contre toute évidence avec son ton le plus buté.

« — Alors vous avez peut-être des voisins ?

— Non, il n'y a pas de voisins. Tout ça c'est l'appartement ! » Et, d'un geste large, elle a englobé les alentours du boudoir dans toutes les directions.

Néanmoins elle s'est levée de son fauteuil ballon, et elle a fait quelques enjambées nerveuses, jusqu'à la grande baie vitrée qui ne semblait donner que sur le ciel, d'un gris uniforme. C'est là que j'ai remarqué combien ses pas, à elle, restaient silencieux sur la moquette blanche, épaisse comme une fourrure, même quand elle martelait le sol de ses petites chaussures à bride en cuir verni noir.

Si l'intention de la jeune Laura avait été de masquer par son agitation les bruits de la pièce contiguë, c'était en tout cas un mauvais calcul, d'autant plus que ça reprenait de plus belle derrière la cloison, d'où parvenaient à présent les échos parfaitement reconnaissables d'une lutte : piétinements, meubles heurtés, respirations haletantes, étoffes froissées, déchirées, avec même bientôt des gémissements, des supplications étouffées, comme d'une femme qui pour des raisons inconnues n'ose pas élever la voix, ou se trouve matériellement empêchée de le faire.

La fillette écoutait, elle aussi, maintenant. Quand les gémissements ont repris avec un caractère plus particulier, elle m'a jeté un coup d'œil de côté, et j'ai eu l'impression qu'un sourire fugitif passait sur ses lèvres, ou du moins entre ses paupières mi-closes qui avaient imperceptiblement cligné. Mais ensuite il y a eu un cri sauvage, si violent qu'elle s'est décidée à aller voir, sans pour cela paraître autrement surprise ni effrayée.

Ayant quitté mon siège du même coup, dans un mouvement instinctif, j'ai regardé la porte se refermer sur Laura ; puis, comme on n'entendait plus rien, j'ai tourné la tête à mon tour vers la paroi vitrée. Je pensais, bien entendu, à l'escalier de fer extérieur ; mais, outre qu'il n'en existe dans aucun building de construction récente, j'aurais beaucoup répugné à me servir une fois de plus de ce moyen commode pour rejoindre la rue, le métro, ma maison désuète... En quelques pas songeurs, j'arrive cependant à la vaste baie, dont je soulève l'épais voilage de tulle.

Je constate alors avec étonnement que la pièce où nous étions donne sur Central Park, ce qui me paraît tout à fait impossible, étant donné la position de l'immeuble où JR vient de pénétrer quelques instants plus tôt. Il aurait donc fallu que le chemin compliqué qu'elle a effectué jusqu'à la porte de l'appartement, depuis le hall d'entrée, par ascenseurs divers et tapis roulants, l'ait fait passer sous au moins une rue. Mais voilà que je suis tiré de ces réflexions topographiques par une scène qui se déroule tout en bas, entre les arbustes, non loin d'un réverbère qui jette sur les personnages une clarté douteuse aux ombres déformantes.

Il s'agit de trois hommes, ou bien de deux hommes et d'une femme, c'est difficile de le préciser, tant ils sont vus de haut et dans une insuffisante lumière. Il est également impossible de dire avec certitude si la voiture blanche qui stationne à proximité, contre le trottoir, est liée ou non aux gesticulations démesurées, aux allées et venues rapides, répétées, incohérentes en apparence, des trois individus. Ce qui est sûr, en revanche, c'est qu'ils sont en train d'effectuer une opération clandestine et précipitée : arracher des fleurs, ou bien transporter et dissimuler sous la végétation des objets de dimensions assez réduites, peut-être encore changer de vêtements entre eux, ou plutôt endosser des habits apportés exprès dans cette intention après avoir jeté dans les buissons, en bordure de massif, ceux qu'ils avaient auparavant sur le dos et dont ils désirent se débarrasser... On peut même imaginer qu'ils complètent leur transformation en ôtant les masques dont ils s'étaient affublés pour l'acte criminel qu'ils viennent d'accomplir, enlevant aussi comme des gants les mains blanches aux empreintes fausses qui camouflaient leur peau noire.

L'un des hommes, qui n'arrive pas à se défaire de son visage d'emprunt, trop bien collé à sa vraie tête, pressé d'en finir, car la brigade des mœurs en quête d'homosexuels mineurs est toujours à craindre dans ces parages, s'énerve, tire au hasard sur les divers bords ou saillies qui peuvent offrir une prise, et se met à déchirer par lambeaux ses oreilles, son cou, ses tempes, ses paupières, sans même s'apercevoir qu'il est en train d'arracher dans sa hâte des grands morceaux de sa propre chair. Et tout à l'heure, quand il fera son entrée au « Vieux Joë », pour rendre compte à Frank de sa mission et réparer ses forces avec une double rasade de bourbon sec, l'orchestre d'un seul coup s'arrêtera de jouer, le trompettiste soudain muet, sans penser dans sa stupeur à laisser retomber son instrument privé de sens, le détachera seulement de sa bouche, avec lenteur, pour l'immobiliser en l'air à dix centimètres des lèvres qui conservent encore la crispation du soliste en plein fortissimo, tandis que toutes les têtes dans la salle se tournent d'un même mouvement vers la porte donnant sur la rue, afin d'apercevoir à leur tour ce que les musiciens ont vu les premiers du haut de l'estrade : la figure ensanglantée qui vient de faire son apparition dans le cadre rectangulaire déterminé par l'ouverture béante, sur le fond noir de la nuit.

Quant à moi, j'estime avoir maintenant assez contemplé la vitrine où les masques alignés des présidents morts entourent la pancarte qui permet tous les projets, tous les rêves, et je risque à nouveau un regard de côté vers le bout de la rue, où je pense revoir les silhouettes de Frank et de Ben Saïd qui s'éloignent. Mais ce coup d'œil, trop bref peut-être, ne me laisse enregistrer que l'enfilade des maisons dont les façades irrégulières se succèdent d'un bout à l'autre de la rue déserte, que je projette ensuite longuement à travers la vitrine du magasin bien vite retrouvée comme un refuge, où flamboie la somptueuse chevelure rousse qui offre sa splendeur juste en face de moi.

Enfin, je me résous à observer d'une façon plus franche dans la direction perpendiculaire : contrairement à mes calculs, les deux hommes ont en effet disparu, l'un comme l'autre. N'ayant pas eu le temps, sans courir, d'atteindre le carrefour, ils ne peuvent qu'avoir pénétré dans un immeuble voisin du « Vieux Joë ». Je n'ai donc plus

qu'à me diriger vers la station du chemin de fer métropolitain, par lequel je rentre ensuite chez moi.

Mais dans la voiture-express, totalement vide comme
souvent à cette heure avancée, qui m'emporte dans un
grand vacarme de grincements, de vibrations métalliques
et de heurts aux rythmes saccadés, je repense à JR qui
se trouve toujours, pendant ce temps, chez la petite
Laura dans l'appartement de Park Avenue. La fillette
s'est enfin décidée à montrer à sa nouvelle gouvernante
d'où proviennent les bruits inquiétants qui emplissaient
la pièce voisine : une bande magnétique enfermée dans
une cassette en matière plastique transparente, posée sur
un guéridon chinois. La scène de violence s'est apaisée,
maintenant ; on n'entend plus qu'une respiration irrégulière, encore oppressée, qui se calme peu à peu, dans le
silence de la grande maison.

JR demande à la petite fille pourquoi elle met dans cet
appareil d'aussi curieux enregistrements. Mais Laura
continue d'écouter sans rien dire la boîte qui respire, les
yeux fixés sur l'étroite bande brune qui se déroule avec
régularité derrière sa plaque de verre, dont la jeune
femme elle-même n'arrive pas à détacher son regard, dans
l'attente imperceptiblement anxieuse de ce qui va venir
ensuite.

Puis l'enfant se décide à répondre, mais sans lever
les yeux de la cassette où l'une des bobines perd peu à
peu de l'épaisseur, tandis que le diamètre de l'autre aug-
mente. Le ton de sa voix est celui d'un commentaire discret, neutre, qui a l'air d'être le résultat de l'observation attentive du mécanisme :

« C'est lui qui l'a mis en marche avant de sortir, dit-elle.

— Mais vous n'avez qu'à l'arrêter !

— Non, on ne peut pas : la boîte est fermée à clef.

— Ton père a oublié de l'arrêter en sortant ?

— Ça n'est pas mon père et il n'a pas oublié : il l'a mis en marche exprès.

— Pour quoi faire ?

— Il dit que c'est pour me tenir compagnie.

— Quand je suis arrivée, on n'entendait rien.

— Parce que vous êtes arrivée pendant un silence.

— Il y a des silences complets sur la bande ?

— Oui... Quelquefois très longs... » Et elle ajoute à voix basse, en gardant le visage penché sur la petite machine : « C'est à ces moments-là que j'ai le plus peur...

— Mais... Est-ce que vous ne pourriez pas lui dire...

— Non. C'est inutile... Il fait exprès. »

Et brusquement l'action reprend, sans prévenir, sur des pas d'homme, à nouveau, des pas précipités qui gravissent un escalier aux résonances métalliques, se rapprochent de palier en palier, de plus en plus vite, de plus en plus présents, jusqu'à donner l'impression que quelqu'un est là, juste dans la pièce, et à ce moment un grand bruit de carreau cassé nous fait sursauter toutes les deux et tourner la tête dans un même réflexe vers la baie vitrée... Mais c'est seulement la bande magnétique qui poursuit son déroulement lent et régulier... Des morceaux de verre ont tinté en retombant sur le dallage ; ensuite il y a les crissements plus menus des fragments de vitre que l'on achève d'ôter avec précaution, puis une crémone qui grince, une fenêtre qui s'ouvre, les pas qui s'avancent le long du couloir dallé, un très long couloir, une porte ouverte avec brutalité, un cri de jeune femme vite étouffé dans des froissements d'étoffe et une voix de gorge qui murmure :

« Tais-toi, idiote, ou je te fais mal »...

Alors Laura, doucement, avance la main, soulève le léger couvercle de la boîte transparente, appuie d'un doigt précis sur un minuscule bouton rouge, et tout s'arrête.

« Ça suffit comme ça, dit-elle, c'est toujours pareil : les pas, les cris, le verre cassé, et ils disent tout le temps la même chose.

— D'où est-ce qu'elle vient ?

— Quoi ? La cassette ?

— Non, la bande magnétique.

— De chez le marchand. D'où voulez-vous qu'elle vienne ?

— Mais... Qui l'a enregistrée ?

— Eh bien, le fabricant de musique !

— On trouve ça dans les magasins ?

— Evidemment ! J'ai acheté celle-là ce matin, à la station de métro Times Square... C'est l'histoire d'un lieutenant de pompiers qui monte en haut d'un gratte-ciel pour sauver une petite fille qui allait se jeter dans le vide.

— Ah bon... Elle veut se suicider ?

— Oui.

— Pourquoi ?

— Parce qu'elle ne s'amuse pas assez à la maison.

65

— Et pourquoi a-t-elle dit que son père avait mis la bobine en route et fermé la boîte à clef ?

— D'abord elle n'a pas dit que c'était son père. Et puis, de toute façon, elle ment sans arrêt.

— Elle aime beaucoup mentir ?

— Non, pas tellement. Mais, pour une seule petite vérité, il y a des milliards de milliards de mensonges, alors c'est forcé, vous comprenez... Elle aurait pu dire, aussi bien, que c'était le lieutenant de pompiers qui la forçait à écouter ça, exprès pour lui faire peur ; ou bien que c'était vous, ou moi, ou Abraham Lincoln, ou Edouard Manneret. »

JR regarde sa montre. Il est presque minuit. Elle en a assez d'attendre. Elle demande :

« Et à quelle heure rentre-t-il, votre beau-père ?

— Mon beau-père ? Ah oui ! Mon oncle, vous voulez dire... Aujourd'hui, il ne rentre pas. Si vous avez envie de partir, vous pouvez. Il y a une horloge comptable dans le vestibule, qui va vous payer automatiquement : j'ai pointé pour vous, quand vous avez sonné, en même temps que je mettais le magnétophone en route. »

La jeune Laura raccompagne aussitôt sa visiteuse jusqu'à la porte de l'appartement, qu'elle referme avec violence sur elle en lui criant : « A bientôt ! », mots suivis par le claquement sec de la serrure, que prolonge une vibration profonde dans toute la masse du panneau de bois.

Alors un sourire angélique se dessine sur les lèvres de la petite fille, tandis qu'elle écoute la résonance qui se développe, s'amortit rapidement et meurt... Puis elle revient en dansant un pas de valse lente jusqu'au salon chinois, rouvre la cassette en plexiglas, retourne les bobines magnétiques sans prendre la peine de les ramener à leur point de départ, appuie sur le bouton rouge et s'allonge sur le sol pour écouter tranquillement l'autre piste :

« ...tueuse chevelure rousse qui offre sa splendeur juste en face de moi. L'idée me traverse, aussitôt, qu'il s'agit d'un piège : le sourire trop savamment sensuel et complice de cette jeune femme tombée du ciel, sur une simple petite annonce, et qui ne m'a encore livré d'elle que son prénom : Joan, la robe trop courte et trop décolletée, dont la fine soie couleur d'émeraude bouge avec trop de complaisance sur une chair tendre et ferme, douce, nerveuse, et comme trop provisoirement voilée par ces algues vertes aux reflets mouvants, souples lames impalpables qui remuent lentement au gré de courants sournois, noyés dans la masse liquide, poisson des grandes profondeurs dont le corps immobile, à demi-caché dans les ulves, ondule lui-même à peine par instant, prêt à se cambrer de torsions soudaines, violentes, prêt à s'ouvrir en une bouche molle et avide aux replis compliqués, précis, multiformes, remodelés sans cesse par de nouvelles excroissances ou invaginations, mais qui conservent en dépit de leurs sinuosités changeantes une constante symétrie bilatérale.

— Oh, ça, alors... », dit tout haut Laura, pour exprimer le manque d'enthousiasme suscité chez elle par ce dernier détail, appuyant encore son jugement par une moue critique de ses lèvres boudeuses. Puis elle se met

67

debout d'une seule détente, en un bond à la technique très improbable exécuté sur place, et s'empare d'un gros dictionnaire qui semble se trouver de façon normale à portée de sa main. Elle y cherche le mot « ulve » et lit : « Genre de chlorophycée à thalle lamellé, plus ou moins frisé sur les bords, vivant dans les eaux basses, saumâtres ou salées. » La petite fille regarde la corniche sculptée qui court sous le plafond, en haut du mur au papier peint écarlate, tout en réfléchissant qu'un poisson des grands fonds ne peut donc pas se cacher dans cette salade. Ensuite elle prononce à mi-voix, mais d'une manière distincte : « ulve oluptueuse », et, quelque secondes plus tard : « cathédrale engloutie ».

Elle va jusqu'à la baie vitrée, afin de regarder si les brigands dissimulés dans les buissons qui bordent l'avenue ont attrapé quelque proie. Mais on ne distingue plus rien, dans l'étroite zone éclairée par le réverbère ; peut-être l'ont-ils attrapée et sont-ils à présent en train de la dépecer, à l'abri des feuillages. Il s'agit probablement de la belle gouvernante, qui s'est laissée prendre en sortant de l'immeuble.

Laura laisse retomber le rideau de tulle, jette un coup d'œil au magnétophone et constate que la bobine est loin d'être terminée ; et la voix, qui a continué pendant ce temps à dérouler son histoire, ne paraît guère devoir être interrompue par quelque chose de plus intéressant : clameurs d'une révolution populaire, sirènes d'alarme, incendie, coups de revolver... Alors la petite fille imite elle-même une rafale de mitraillette, chancelle et s'abat comme une masse sur la moquette de haute laine, où elle reste étendue sur le dos, de tout son long, bras et jambes écartés en croix.

Cette bande magnétique ne vaut décidément pas grand-chose, d'un côté comme de l'autre. Le narrateur poursuit l'analyse des raisons qu'il a de se méfier d'une jolie fille nommée Joan, la dernière des gardeuses d'enfant recrutées par lui au moyen des petites annonces. Il a l'impression d'être tombé cette fois-ci sur ce qu'il cherche, mais il ne faudrait pas commettre d'impair : même si la jeune femme rousse est vraiment une putain, amateur ou professionnelle, il reste encore à prouver qu'elle appartient à l'organisation ; et, pour en être sûr, on doit éviter de brusquer les choses. La conversation avec Laura, lors de sa première visite — dûment enregistrée par les micros dont sont truffés les murs — ne permettait en fait que des suppositions très vagues. La deuxième rencontre, avec l'oncle lui-même, comme il vient d'être rapporté, a donc déjà donné des résultats plus tangibles. La troisième fois, on fait venir JR au milieu de l'après-midi.

Elle arrive à l'heure dite, dans le building de Park Avenue, et sonne comme de coutume à la porte de l'appartement truqué. Le battant tourne lentement sur ses gonds, sans que personne, aujourd'hui, ne se montre dans le vestibule. Et c'est la machine comptable qui prononce de sa voix caverneuse : « Entrez... Refermez la porte... Merci... Votre arrivée est enregistrée. »

Comme le vestibule reste vide, JR s'avance jusqu'au boudoir gonflable, où elle ne trouve personne non plus. Mais elle entend une voix d'homme — qu'elle croit reconnaître — juste dans la pièce à côté, qui est le salon chinois. Elle frappe discrètement à la porte de communication, ne reçoit pas de réponse, se décide à pénétrer quand même dans le sanctuaire, parée de son meilleur sourire d'esclave craintive secrètement amoureuse de son seigneur (puisque le mot « docile » n'a pas encore été tiré au clair)... Mais le sourire se fige sur les belles lèvres : la petite Laura est là, étendue par terre de tout son long, et c'est le magnétophone qui parle.

En quelques pas nerveux, JR atteint la table de laque ; elle soulève le couvercle de la boîte transparente et, d'un geste agacé, arrête l'appareil. La fillette n'a pas bronché.

JR demande : « Votre oncle n'est pas là ? »

Sans faire un mouvement, Laura répond : « Non. Vous voyez bien. »

JR insiste : « Il n'est pas à la maison ?

— S'il était à la maison, vous n'auriez pas à venir me garder.

— Bon... Je voudrais bien savoir quel besoin on a de garder comme un bébé une enfant de votre âge.

— Si vous n'étiez pas venue, j'aurais mis le feu à l'appartement. J'avais déjà préparé le bidon d'essence et le tas de lingerie. »

La jeune femme hausse les épaules et dit : « Vous n'allez pas en classe ?

— Non.

— Jamais ?

— Non. Pour quoi faire ?

— Eh bien : pour apprendre. »

— Apprendre quoi ? »

« Quel métier ! » pense JR, qui arpente la pièce avec nervosité. Elle va jusqu'à la grande baie vitrée, soulève le voilage, revient vers le corps étendu qui se roule à présent sur la moquette rouge, comme s'il était en proie aux convulsions du haut mal. Elle a envie de lui envoyer des coups de pied.

« Je ne sais pas, moi, dit-elle... les équations à variables multiples, ou bien quelle est la capitale du Maryland...

— Annapolis ! hurle la petite fille. C'est trop facile. Posez une autre question.

— Qui a assassiné Lincoln ?

— J. W. Booth.

— Combien de secondes y a-t-il dans une journée ?

— Quatre-vingt-six mille quatre cent vingt.

— Qu'est-ce qu'une ulve ?

— Un genre de chlorophycées.

— A quoi rêvent les jeunes filles ?

— Au couteau... et au sang !

— Où sont nos amoureuses ?

— Elles sont au tombeau.

— Quel âge avez-vous ?

— Treize ans et demi.

— Sur quoi donnent les fenêtres de l'appartement ?

— Central Park. »

(C'est donc bien ce qu'il m'avait semblé.)

« Cette zone est-elle éclairée ?

— Oui, faiblement... Il y a un réverbère.

— Et que distingue-t-on à proximité du réverbère ?

— Trois individus.

71

— De quel sexe ?

— Deux types, une pouffiasse... Elle porte un pantalon et une casquette, mais on lui voit les seins sous son chandail.

— Comment s'appelle cette dame ?

— Elle s'appelle — ou plutôt se fait appeler — Joan Robeson, ou quelquefois aussi : Robertson.

— Que fait-elle ?

— C'est une des fausses infirmières qui travaillent chez le docteur Morgan, le psychanalyste installé dans les souterrains de la quarante-deuxième rue. Les autres infirmières sont blondes, et...

— Mais que fait-elle là, en ce moment, dans les buissons en bordure du parc, avec ces deux hommes ? Et ces deux hommes, qui sont-ils ?

— C'est facile : l'un est Ben Saïd, l'autre est le narrateur. Ils sont en train, tous les trois, de charger dans une Buick blanche des cartouches de cigarettes à la marijane, camouflées en Philip Morris ordinaires. C'est un intermédiaire qui les a balancées quelques instants plus tôt sous les arbustes ; il venait d'apprendre, par une communication radio, que sa voiture allait être fouillée par la police en arrivant au garage. Qui donc le prévenait ainsi ? Un flic, tout simplement, qui travaille avec eux. Joan et les deux autres ont été chargés de la récupération. Ce qui rend leurs gestes difficilement compréhensibles, c'est qu'ils ne se contentent pas de se baisser, chercher à tâtons les boîtes éparpillées à travers le feuillage, les cacher l'une après l'autre sous leurs vêtements et les apporter ainsi jusqu'à la voiture garée le long du trottoir ; car, en même temps, ils mangent des sandwiches au rosbif qu'ils sont obligés, pour ne pas interrompre le boulot, de fourrer à chaque instant dans leurs poches, pour les y reprendre une minute après.

Ben Saïd n'a pas desserré les dents depuis le début de l'opération, sauf pour mordre dans son sandwich, et le narrateur se demande s'il fait la gueule ou quoi, car il est plutôt causant d'ordinaire. Joan, qui a pour la circonstance dissimulé sa chevelure sous une vaste casquette d'automobiliste, sourit ou cligne de l'œil en le regardant d'un air enjôleur, toutes les fois qu'elle le croise ; sans grand résultat, d'ailleurs, car il ne semble guère se dérider. Agacé par leur manège, le narrateur — disons « je », ça sera plus simple — cherche longuement, un peu à l'écart, s'il ne reste plus rien derrière le massif d'aucubas ; et c'est le moment que la fille choisit pour venir fureter juste au même endroit, comme si elle n'avait pas vu que quelqu'un s'occupait déjà du coin.

« Tiens ! tu es là, dit-elle.

— Oui, tu vois... Qu'est-ce qu'il a, Ben Saïd ?

— Rien... des histoires...

— Mais encore ?

— Il paraît que tu fais des conneries, et que lui va sauter... à cause de toi.

— Ah ?... Pourquoi lui ?

— Parce que Frank lui a donné l'ordre de te filer, et qu'il ne veut pas jouer au mouchard.

— Brave cœur !... Des conneries dans quel genre ?

— Tu cacherais quelqu'un chez toi, quelqu'un qui devait être exécuté depuis longtemps.

73

— Ah bon, c'est ça.

— Je lui ai dit qu'il se faisait des idées.

— Merci toujours. Et, en réalité, tu penses quoi ? »

Elle ne répond pas tout de suite. Elle fait semblant de croire qu'elle va dénicher encore une cartouche en soulevant trois feuilles mortes. Puis elle relève la tête et me regarde sous le nez, comme par hasard, avec une sorte d'insistance calculée. J'ai déjà dit, je crois, que ses lèvres sont charnues, bien dessinées, brillantes comme si elles restaient toujours légèrement humides ; et son visage est comme du lait tiède, dans la nuit. J'aimerais bien qu'on me précise, un jour, quelle part de sang portoricain cette jolie putain est censée avoir.

« Eh bien, dit-elle avec trop de lenteur, je pense qu'il se fait des idées, évidemment. »

Sa bouche, quand elle parle, bouge, dans la demi-obscurité des grands fonds : on dirait une bête aquatique dont les molles sinuosités se déforment sans cesse, mais sans perdre jamais leur belle symétrie, à l'image des taches d'encre qu'on écrase dans une feuille de papier pliée en deux.

« Alors, c'est parfait, dis-je, et tu ferais mieux de t'occuper de tes affaires. » Mais je regrette aussitôt cette phrase inutile. J'ai cru voir en effet une lueur de haine et de violence passer dans ses grands yeux verts. Naturellement, ce ne peut être que de l'imagination : il ne fait même pas assez clair, au milieu des arbustes, pour discerner la couleur des yeux, si je ne la connaissais déjà.

JR s'est redressée d'un mouvement de fauve tran-

quille, avec des cambrures et torsions qui paraissent fil-
mées au ralenti. Sans hâte, elle fait mine de s'éloigner.
La chair nue de son cou, blanc et rond, brille comme un
couteau quand elle passe dans la lumière directe du
réverbère.

Je dis, avec le désir de me montrer plus aimable :
« Et le type à la petite annonce, ça marche ?

— Ça va, répond-elle, merci.

— Tu y retournes ?

— Oui, cette nuit. Mais tu ferais mieux de t'occuper
de tes affaires. »

Tout en la regardant se diriger avec nonchalance vers
la voiture, je pensais qu'elle devait avoir le corps aussi
bien fait qu'on le prétendait, pour se promener ainsi en
pantalon moulant et chandail. L'idée m'a traversé, en
même temps, de la belle morte qu'on pourrait composer
avec cette splendide chair blanche.

En me relevant, j'ai senti une vive douleur dans les
genoux, ankylosés par la posture fléchie que mes jambes
avaient conservée trop longtemps. Tandis que les articulations raidies retrouvaient leur fonctionnement normal, j'ai frotté mes mains l'une contre l'autre à deux
ou trois reprises, pour en détacher les menus fragments
de terre, ou de brindilles sèches, qui étaient restés collés
contre le bout des doigts et les paumes.

C'est à partir de ce soir-là que nous avons perdu tout
contact avec elle. J'ai appris sa disparition le lendemain,
en arrivant au bureau, sans l'avoir revue, moi non plus,
depuis l'affaire des cigarettes. Nous n'avions rien dit
d'autre avant de nous séparer ; le chargement était

complet : le compte des paquets correspondait à la fiche d'expédition. C'est JR elle-même qui a ramené la Buick au garage, le portier de nuit a confirmé son passage à l'heure prévue. Elle est ressortie aussitôt dans sa propre voiture, afin de revenir chez elle se changer : elle a pris un bain, s'est lavé les cheveux, parfumé tout le corps et fardée avec soin ; ensuite, elle a entrepris de repasser la robe de soie verte qu'elle devait porter cette nuit-là, comme il a déjà été dit. Pour toute parure, elle a passé autour de son cou une petite chaînette d'or avec une simple croix.

— Et Ben Saïd, qu'a-t-il fait en la quittant ?

— Je ne me souviens pas qu'il se soit occupé d'elle d'une façon particulière. J'étais moi-même absorbé par le comptage et la vérification des cartouches de cigarettes. Quand la Buick a démarré, Ben Saïd a grommelé un vague bonsoir, et je crois me rappeler qu'il a fait une allusion ironique, entre ses dents, aux rumeurs d'un grand incendie qu'on entendait au loin, du côté de Harlem. Puis il a disparu entre les arbres, sans doute avec l'intention de traverser le parc à pied, en direction de Columbia. Moi, j'ai pris le métro, comme d'habitude, pour rentrer à la maison. J'y ai retrouvé Laura, qui était très inquiète à cause de mon retard. J'en ai sommairement expliqué la raison, mais, pour ne pas risquer de la rendre encore plus nerveuse en lui remettant en mémoire ses propres souvenirs, je n'ai pas mentionné la disparition de JR ; j'ai raconté déjà cette omission volontaire, ainsi que tout le reste de ma soirée.

— Bon... Le garage dont vous parlez se trouve tout

en bas de Manhattan, vers l'entrée du tunnel ; l'appartement de JR est bien celui de la cent vingt-troisième rue ?

— Oui, c'est cela.

— Combien de temps estimez-vous qu'elle ait pu mettre pour aller de Central Park au tunnel, puis pour remonter en sens inverse jusqu'à Harlem ?

— Il était tard, les avenues étaient bien dégagées...

— Comment le savez-vous, puisque vous êtes rentré en métro ?

— J'ai pris le métro à la station de Madison.

— Ce n'est pas très commode pour aller chez vous.

— Ça n'est pas beaucoup plus long. Et le changement est meilleur.

— D'où tirez-vous tous ces détails, au sujet du bain, des parfums, de la robe verte, puisque vous dites ne l'avoir pas revue ?

— C'est la tenue qu'elle devait porter dans ce genre de circonstance. Tout cela se trouve inscrit sur son programme perforé, dans le fichier du bureau.

— Même la petite croix d'or ?

— Oui, naturellement.

— Mais comment pouvez-vous connaître l'histoire du repassage de la robe ?

— Elle l'avait annoncé en nous quittant : « Je me dépêche, j'ai ma robe à repasser ! »

— Pourtant vous venez de signaler, dans votre rapport, que vous n'aviez plus échangé d'autres paroles avec elle, depuis la petite algarade sous les aucubas. C'était peut-être plutôt à Ben Saïd qu'elle disait ça, pour la robe ?

77

— Oui, probablement.

— Ben Saïd pourrait alors confirmer ce projet de repassage ?

— Non. Je ne crois pas. Il n'a pas dû entendre. J'ai déjà précisé qu'il ne s'occupait pas d'elle, à ce moment-là. D'ailleurs, ça doit être un peu auparavant qu'elle a prononcé cette phrase, bien avant notre discussion... Vous avez dit, à l'instant, « algarade » ; non, le mot est tout à fait exagéré : c'étaient juste des propos anodins, sans arrière-pensée, lancés en passant au cours du travail.

— Une dernière question : vous dites n'avoir pas signalé, cette nuit-là, à celle que vous appelez votre sœur, la disparition de JR. Comment auriez-vous pu le faire, puisque vous ignoriez qu'elle ait disparu ? Et que même, en fait, il ne pouvait pas encore être question de quoi que ce soit de cet ordre.

— C'est vrai, je n'avais pas pensé à cela. Ainsi, ce serait le lendemain, seulement, que j'ai dû avoir conscience de lui cacher cette disparition.

— Si vos suppositions se confirment, Joan à cette heure-là est donc toujours chez elle, en train de repasser tranquillement sa robe tout en regardant d'un œil distrait le programme de nuit, sur l'écran de la télévision. Comme le studio est surchauffé, elle n'a pas jugé utile, en sortant de la salle de bains, d'enfiler un peignoir ou un déshabillé quelconque. Elle a seulement mis ses chaussures de cuir vert à hauts talons et ses bas noirs, garnis d'un étroit froncis de dentelle rose en guise de jarretière, tout en haut des cuisses. Au-dessus de cette ligne, il ne lui manque plus que sa robe, qu'elle passera

78

dès l'achèvement de l'ouvrage sur quoi elle se penche avec application ; c'est-à-dire qu'elle ne porte pour tout costume, en ce moment, que sa petite croix d'or.

Sur le drap blanc qui recouvre la table pliante effilée, spécialement conçue pour un tel usage, elle a posé en outre une paire de grands ciseaux de couturière, en acier chromé, dont elle vient de se servir pour couper un fil qui dépassait, à la couture de l'ourlet inférieur ; les deux lames aiguës, ouvertes en V, brillent dans la lumière d'une lampe à col de cygne dont elles renvoient de multiples rayons. Non loin de là, juste à la hauteur de la planche, la toison bouclée du pubis (de dimensions modestes et d'une forme triangulaire parfaitement équilatérale) est du même roux clair, étincelant, que la chevelure défaite qui achève, après le passage au séchoir à main, de reprendre son ordonnance sauvage naturelle sur l'arrondi des épaules, en attendant d'être relevée en un chignon lâche, prêt à s'écrouler à la moindre sollicitation.

De temps en temps, la jeune femme jette un regard au petit écran, où se déroule un documentaire pour adultes sur les cérémonies religieuses de l'Afrique centrale, au cours desquelles en particulier sept jeunes filles de condition noble, appartenant à des tribus vaincues, doivent être empalées sur le sexe du dieu de la fécondité, dans l'ombre sacrée des palmiers à huile chargés de leurs fruits et — ajoute la présentatrice — au rythme obsédant des tambours de guerre. Il ne semble pas, d'après la teinte uniforme des protagonistes, que les conflits qui seraient à l'origine de ces coutumes puissent être imputés à des colorations inconciliables de leur peau ; la seule différence

79

notable est en effet que celle des prisonnières enchaînées demeure entièrement visible, puisqu'elles sont nues, tandis que celle des bourreaux et des musiciens disparaît en partie sous des masques et sous de grossiers dessins géométriques, badigeonnés à la peinture blanche. En tout cas, la télévision polychrome se révèle très efficace pour ce genre de reportage ; celui-ci a d'ailleurs pour titre « Le Rouge et le Noir ». JR s'arrête une minute dans son ouvrage, le fer électrique suspendu en l'air à vingt centimètres de la soie verte, pour contempler une des exécutions prise en gros plan par le cameraman. Elle a encore le bout de la langue qui pointe entre ses lèvres, comme toujours lorsqu'elle effectue un travail domestique méticuleux, selon une habitude conservée de l'enfance.

Au moment le plus intéressant, un petit sourire de satisfaction passe comme l'ombre d'un oiseau de proie sur son visage de porcelaine, tandis que la langue rose rentre lentement à sa place. Et, pendant que le sang coule en abondance à la face interne des cuisses brunes qui se couvrent peu à peu d'un réseau écarlate, la jeune femme commence distraitement à se caresser contre l'extrémité en pointe de la table à repasser garnie de feutre. C'est alors qu'elle a entendu s'ouvrir, derrière elle, la fenêtre qui donne sur le balcon.

L'instant est donc venu de décrire d'une façon précise la disposition des lieux. Il s'agit ici d'un studio aux appareils et à la décoration modernes, aménagé dans un immeuble datant d'une cinquantaine d'années. A l'intérieur, ce ne sont que surfaces polies, blancheur, glaces, reflets, angles vifs, alors que, contre la façade en briques de la maison, monte en zigzag l'escalier de secours au squelette de fer noir...

Mais ces marches métalliques n'ont déjà que trop servi — constatation répétée elle-même à plusieurs reprises — et l'exécuteur, devançant l'arrivée de JR, a préféré s'introduire dans le studio au moyen d'une fausse clef (comme il y en a toujours, au bureau, pour toutes les serrures de nos divers agents), et aller sans fatigue se poster sur le balcon, en tirant ensuite la fenêtre à soi de manière à laisser croire qu'elle est normalement close, pour attendre là le moment favorable. La fille en effet ne s'est douté de rien. Elle s'est tout de suite déshabillée. Mais il a mieux aimé lui accorder le temps de se laver et de se parfumer le corps. Ensuite, il n'avait aucun besoin d'une robe bien repassée, c'est seulement le reportage de télévision — qu'il regardait lui aussi derrière la vitre — qui a un peu retardé son entrée en scène. Cela, d'ailleurs, n'a pas été du temps perdu, car il a pu ainsi constater, d'après les sons qui lui parvenaient des autres fenêtres, que les voisins étaient tous à l'écoute du même programme, le seul possible sans doute à cette heure tardive. Le martèlement continu des tam-tams de guerre et la profusion des hurlements qui parsèment la bande sonore vont donc grandement faciliter son entreprise, en lui laissant tout loisir de soigner la mise en scène de l'exécution.

Mais voilà qu'une question préliminaire se pose : comment JR a-t-elle pu entendre la fenêtre s'ouvrir, alors que celle-ci n'était même pas vraiment fermée, au milieu d'un tel vacarme ? Outre que ce genre de détail est dénué de toute importance (puisque cela ne changerait rien à l'affaire si l'assassin était arrivé jusqu'à la victime, par derrière, sans qu'elle s'en aperçoive), ce peut très bien être le froid subit sur sa chair nue qui l'a fait se retourner.

Toujours est-il qu'elle aperçoit alors un policier en uniforme (il s'agit d'un déguisement de panoplie et d'un masque, mais elle ne peut guère s'en rendre compte) qui, la mitraillette réglementaire braquée sur son ventre, s'avance vers elle en lui ordonnant de se taire et de ne pas bouger. Levant les mains en l'air de saisissement, bien qu'on ne le lui ait pas demandé, elle laisse tomber le fer brûlant sur la robe verte, où, le thermostat s'étant débranché dans la chute, il laissera un large trou triangulaire à la place du sexe. Quant à l'escalier de fer — j'y pense — on l'utilisera quand même : pour prendre la fuite pendant que l'incendie se déchaîne, selon ce qui a déjà été rapporté.

Au bas de l'échelle qui constitue le raccord entre le dernier palier et le trottoir, les pompiers, qui sont toujours à la recherche d'éventuels pyromanes, se montrent immédiatement rassurés par la vareuse noire, les bottes, le baudrier en cuir, les galons de sous-officier et la casquette à écusson (la mitraillette est restée là-haut).

« Félicitations pour votre courage, dit le chef d'une voix dure. Vous n'avez rien vu d'anormal ?

— Non capitaine, tout va bien. Il ne reste personne dans la maison. Vous pouvez y aller.

— Incendie criminel ?

— Non : fer à repasser au thermostat défectueux. »

Quelques minutes plus tard, l'immeuble entier s'effondre dans le fracas de l'explosion. (On sait qu'à New York, lorsqu'un bâtiment est la proie des flammes et que les pompiers désespèrent d'éteindre le feu au moyen de leurs lances avant qu'il ne se soit communiqué aux constructions voisines, on préfère détruire tout de suite l'immeuble sinistré par un violent dynamitage, dont le souffle fait en une seconde plus de travail que mille tonnes d'eau, suivant un procédé qui fut d'abord expérimenté pour les puits de pétrole.) Je n'ai plus eu ensuite qu'à prendre le métro pour rentrer chez moi.

Ben Saïd, qui a écouté lui aussi, en silence, les sirènes et la déflagration finale, est sorti un instant de son mutisme pour marmonner quelque chose au sujet de « la monstrueuse incurie des autorités ». Comme il ne sourit jamais, je ne pourrais pas jurer que ce fût une plaisanterie. Puis il est parti, à pied, tout seul à travers le parc. Il a disparu presque aussitôt dans l'obscurité. Quand je suis arrivé moi-même à la maison...

— Votre jeune sœur pourrait-elle témoigner de l'heure exacte à laquelle vous êtes rentré ?

— Non, sûrement, puisqu'elle n'a jamais sous la vue, ou à sa portée, ni montre ni pendule ni quoi que ce soit qui pourrait lui permettre de donner ce genre de renseignement. Vous savez qu'il n'y a plus de téléphone dans cette bâtisse : on l'a coupé parce qu'elle doit être bientôt démolie ; ainsi Laura ne peut pas non plus appeler l'horloge parlante. Cette totale ignorance du temps, où elle se trouve donc maintenue, est le résultat d'une décision prise en accord avec le médecin : toute allusion à l'heure — comme je l'ai dit déjà — avive ses angoisses. L'inconvénient du système actuel est que, maintenant, elle s'imagine toujours que je suis en retard ; et, si le travail, au bureau ou à l'extérieur, s'est vraiment prolongé un peu, elle a l'impression d'un retard beaucoup plus important qu'il ne l'est en réalité. Ce soir-là, par exemple, je la trouve en train d'attendre sur le seuil de la bibliothèque, au rez-de-chaussée, tenant un livre ouvert à la main comme si elle venait juste d'interrompre sa lecture en entendant ma clef tourner dans la serrure de la porte d'entrée ; je sais bien qu'en fait elle se tient là, dans cette posture, depuis au moins une heure, à guetter mon retour. Elle est debout dans l'entrebâillement de la...

— Quel genre de livre avait-elle à la main ?

— Un roman policier, évidemment : il n'y a que ça à la maison, et encore en très petit nombre, si bien qu'elle relit toujours les mêmes. Les murs de cette grande pièce du rez-de-chaussée sont garnis de rayonnages, du haut en bas ; mais tous sont vides, ou presque ; nous continuons à lui donner le nom de bibliothèque, à cause de sa destination initiale. Sans avoir à me retourner, je remarque aussitôt, dans la glace qui surmonte la console, sur le marbre de laquelle je dépose mon trousseau de clefs en rentrant chaque soir, que le livre appliqué contre la robe de Laura, à la hauteur de l'aine, tenu entrouvert par l'index qui marque sa page, n'appartient pas à notre maigre collection. La couverture, dont les couleurs à la fois vives et plates semblent bien conformes à la tradition du genre, ne me rappelle pourtant aucune de celles qui

84

me sont familières, que je connais même par cœur dans leurs moindres détails pour les avoir rencontrées un peu partout à travers la maison, posées au hasard des meubles, encombrant les tables et les chaises, traînant sur le sol, ce qui m'a toujours fait supposer que Laura lisait tous ces livres en même temps et qu'elle en mélangeait ainsi de pièce en pièce, selon ses propres déplacements, les péripéties policières savamment calculées par l'auteur, modifiant donc sans cesse l'ordonnance de chaque volume, sautant de surcroît cent fois par jour d'un ouvrage à l'autre, ne craignant pas de revenir à plusieurs reprises sur le même passage pourtant dépourvu de tout intérêt visible, alors qu'elle délaisse au contraire totalement le chapitre essentiel qui contient le nœud d'une enquête, et donne par conséquent sa signification à l'ensemble de l'intrigue ; et cela d'autant plus que, beaucoup de ces brochures de fabrication médiocre ayant mal résisté à la négligence parfois brutale d'un tel mode de lecture, elles ont perdu, au cours des mois, un coin de feuillet, une page entière çà et là, ou même deux ou trois cahiers d'un seul coup.

Mais, si un volume nouveau (non pas neuf, car celui-ci paraît dans un état voisin des autres) vient de s'introduire dans le cycle, c'est donc qu'on est venu ici en mon absence. Laura elle-même est dans l'impossibilité de sortir puisque, pour plus de sûreté, je l'enferme à clef en m'en allant. Quelqu'un de l'extérieur, en revanche, peut parfaitement posséder un passe-partout ou un attirail complet de cambrioleur, ou même se faire fabriquer une clef par un serrurier, en prétendant qu'il s'agit de sa propre maison et qu'il a perdu son trousseau, cette nuit, au cours d'une lutte contre trois chenapans dans une voiture déserte du chemin de fer métropolitain.

Sous l'œil étonné de l'homme au chapeau de feutre rabattu sur les yeux, toujours à son poste dans le renfoncement de la maison d'en face, qui se recule un peu plus vers l'angle du mur pour épier la scène inattendue sans risque d'être remarqué, tandis qu'il fourre à nouveau d'un geste machinal ses deux mains gantées de noir dans les poches profondes de son imperméable luisant de pluie, le serrurier arrive donc et s'installe tranquillement, en haut des marches extérieures, avec tout son matériel, qu'il dépose sur le seuil après avoir vérifié dans un petit carnet à la couverture usée, tiré à l'instant de sa veste, que le numéro de l'immeuble correspond bien à celui donné par le client, qui n'a pas pu accompagner l'artisan requis, car il désire profiter des deux heures que nécessitera l'opération pour se débarrasser d'une course urgente : prévenir la police, au commissariat le plus proche, de l'agression dont il a été victime ce matin à l'aube.

Le serrurier est un vieil homme chauve et myope, que ne semblent guère déranger les fines gouttelettes qui tombent encore, maintenant que le gros de l'averse est passé, sur les épaules de sa veste et sur son crâne brillant. Il introduit avec précaution une tige de métal dans le trou de la serrure, où il la fait ensuite tourner très doucement, tout en écoutant, l'oreille presque collée contre la porte, les bruits menus provoqués par les contacts éventuels avec les pièces rencontrées, afin de déceler la

86

nature cachée de celles-ci. En effet, le client, comme d'habitude en ces circonstances, a été incapable de décrire, même sommairement, la forme et la disposition des entailles sur la clef perdue.

C'est l'œil, à présent, que l'homme applique à la petite ouverture ; puis il y enfonce de nouvelles tiges de fer, choisies avec soin dans sa boîte à outils. Il y a sans doute quelque chose qui l'inquiète, car il regarde de nouveau par le trou, en éclairant tant bien que mal l'intérieur du mécanisme avec une petite lampe électrique de poche, de forme cylindrique allongée, dont il approche le bout arrondi, lumineux, de l'orifice mystérieux et récalcitrant.

Mais la lampe, pour remplir son office, devrait se trouver à la place de l'œil, ce qui n'est pas possible, puisqu'il n'y aurait dans ce cas plus personne pour voir ; aussi le serrurier renonce bientôt à cet expédient et observe derechef sans le secours d'aucune lumière artificielle. Il s'aperçoit alors que l'extrémité opposée du conduit est libre et qu'une ampoule brûle dans la pièce qui se trouve-là, contrairement à ce qui serait normal puisque la maison est censée être vide. Ne suffirait-il pas, autrement, de sonner à la porte, afin — celle-ci ouverte — de démonter la serrure pour en reconstituer le plus aisément du monde une clef neuve ?

Cependant le petit homme chauve est interrompu dans ses réflexions logiques par l'intérêt exceptionnel du spectacle qui s'offre à lui, de l'autre côté de la porte, si bien qu'il ne peut pousser plus loin son analyse de la situation et des conséquences qu'elle implique... Il y a là une jeune fille qui gît sur le sol, bâillonnée et ligotée

87

étroitement. D'après le teint cuivré de la peau et la chevelure abondante, longue, lisse, souple et brillante, d'un noir bleuté, il doit s'agir d'une métisse possédant une bonne part de sang indien. Son visage paraît beau et ses traits réguliers, autant du moins que permet d'en juger le bâillon de soie blanche (un foulard noué par derrière) qui déforme la bouche en sciant les commissures des lèvres. Elle a les mains liées dans le dos, et à demi cachées par la posture. Ses chevilles sont attachées, réunies en croix l'une par-dessus l'autre, au moyen d'une grosse corde qui s'enroule ensuite plusieurs fois autour des longues jambes légèrement repliées, sangle plus haut le ventre et les hanches, puis emprisonne ensemble les bras et la poitrine par de multiples spires entrecroisées, très fortement serrées comme en témoignent les dépressions creusées dans les chairs par la corde aux endroits les moins résistants : les seins, la taille, les cuisses.

Il y a eu lutte, de toute évidence, ou en tout cas la fille a dû se débattre lors de sa capture, car sa robe rouge vif est dans un grand désordre, maintenant immobilisé lui aussi par les liens. La jupe, assez courte il est vrai, remonte d'un côté jusqu'à la hauteur du sexe, découvrant ainsi une large zone de peau nue au-dessus du bas brodé, tandis que le corsage a été profondément déchiré sur une épaule, dont la chair arrondie luit sous la lumière crue qui tombe d'une haute lampe à abat-jour chinois, posée sur la table toute proche.

C'est vers cette lampe, en se tordant de côté autant que le lui permettent ses entraves, que la prisonnière lève des yeux agrandis par l'épouvante, ou peut-être seulement par la position couchée et à demi-renversée où elle se trouve. Elle essaie, dirait-on, de se soulever sur un coude, mais sans grand succès à cause des cordes qui empêchent de bouger le bras. A côté d'elle, sur le plancher, à proximité immédiate de l'épaule nue, il y a une forme noire indéfinissable qui ressemble à un gant de peau d'une petite pointure, sans poignet, les doigts chiffonnés et écartés dans tous les sens. Comme il a été dit, la jeune fille brune ne prête aucune attention à ce dernier détail, le point qui retient ses regards horrifiés et avides étant situé dans une direction presque diamétralement opposée : la préparation minutieuse à laquelle se livre le second personnage qui figure dans le champ.

C'est, assis à la table, un homme en blouse blanche au visage sévère et aux cheveux gris, qui porte des lunettes cerclées d'acier. Tout, dans ses traits comme dans sa stature, a l'air stéréotypé, sans vie réelle, sans expression humaine autre que cette dureté et cette indifférence de convention pure ; à moins que seul lui donne ce comportement fermé l'intérêt trop aigu, exclusif, qu'il accorde à son expérience. Il est en train, en effet, dans le cône de clarté vive dispensé par l'abat-jour, de doser un sérum (substance narcotique ou hallucinogène, excitant nerveux, poison à l'action progressive ou foudroyante), dans une seringue à injections hypodermiques dont il tient de la main gauche le corps cylindrique gradué, terminé par une fine aiguille creuse, la pointe dirigée vers le haut, pendant qu'il manœuvre entre le pouce et l'index de l'autre main l'extrémité en boule du piston de verre. Derrière ses lunettes, dont le cristal jette des éclats stylisés, il surveille le niveau du liquide avec le soin que nécessitent les mesures de grande précision.

Rien, sur l'image, ne permet de déceler la nature exacte, ou même l'effet attendu, de ce produit incolore dont l'injection a besoin d'une telle mise en scène et cause tant d'anxiété à la jeune prisonnière. L'incertitude quant au sens exact de l'épisode est d'autant plus grande que le titre de l'ouvrage manque, la partie supérieure de la couverture, où il devrait normalement figurer, ayant été déchirée en travers et arrachée, volontairement ou non.

Je demande à Laura d'où vient le livre.

« Il était là », répond-elle avec un geste vague vers la pièce aux rayonnages vides, derrière elle. Et son regard est droit, immobile, absent.

« C'est bizarre, dis-je, je ne l'avais encore jamais vu...

— Il dormait sur une étagère du haut, à plat dans un coin.

— Ah bon... Comment avez-vous pensé à regarder là ?

— J'ai regardé par hasard.

— Mais il vous a fallu une échelle ?

— Non. Je suis montée, de degré en degré, sur les rayons. »

Elle ment, sans aucun doute. Le spectacle est trop improbable de cet exercice saugrenu, que j'essaie en vain d'imaginer.

Ou bien peut-être est-ce vrai, malgré tout. Elle a toujours, quand je pose ce genre de question qui tourne vite à l'interrogatoire, la même diction lente, précise,

90

lointaine, comme si elle puisait ses réponses dans un rêve ou dans la voix, perceptible pour elle seule, d'un oracle. Mais, en même temps, son ton ne permet pas la moindre objection : on sent bien que, dans son idée, l'évidence de l'affirmation ne laisse pas de place aux arrière-pensées. Elle donne un peu l'impression, aussi, d'avoir pour elle la garantie d'un formulaire de mathématiques, où elle vient de lire l'énoncé de l'unique solution à l'équation posée.

Je me réfugie à mon tour dans les pages du livre, que je feuillette en faisant mine de m'intéresser aux aventures des héros. Je crois comprendre que la belle métisse de l'image criarde s'appelle Sara. Elle est détentrice de trois secrets effrayants, liés entre eux, qu'elle a juré de ne livrer à personne, leur révélation conjointe devant déclencher à coup sûr des catastrophes irréparables, pour elle comme pour le monde entier. Sa crainte est telle de laisser un jour ou l'autre échapper quelque bribe d'une histoire dont son esprit à bout de résistance finit par être obsédé, qu'elle vit enfermée dans sa propre maison, où seul pénètre chaque soir le médecin de famille qui s'occupe d'elle depuis la disparition dramatique de tous les siens. Mais elle n'a rien raconté non plus à ce vieillard débonnaire, lequel s'afflige de voir une aussi jolie fille vivre dans cette incompréhensible claustration. Il décide donc de faire venir, sans demander l'accord de sa protégée, un psychanalyste marron — nommé Morgan — qui entreprend à son insu l'investigation du passé enfoui de la patiente, afin de déceler l'origine des troubles que sa conduite semble révéler.

C'est lui, sans doute, l'homme en blouse blanche, dont la seringue contiendrait alors un sérum de vérité qu'il s'apprêterait, en désespoir de cause, à lui injecter dans le corps, tout en haut de la cuisse dont il s'est arrangé pour dénuder largement la chair tendre, en serrant les cordes par-dessus la robe. L'angoisse de Sara proviendrait ainsi de la certitude où elle est, enfermée dans le labyrinthe de sa raison malade, que sa langue va se mettre aussitôt à débiter d'un bout à l'autre le récit interdit qui lui brûle les lèvres. Un détail soudain m'inquiète : on dit en passant que la jeune fille en question a les yeux bleus, ce qui ne cadre guère avec la pigmentation générale, de peau comme de cheveux, prêtée par l'artiste à celle qui est représentée sur l'illustration ornant la couverture.

Mais ce qui me frappe à présent davantage, dans le dessin colorié de façon grossière, c'est que la forme noire, au contour compliqué comme celui d'une tache d'encre, qui figure sur le plancher, n'est pas un gant de femme comme je l'avais pensé d'abord, mais une énorme araignée à pattes velues qui se dirige vers l'épaule nue et le cou de la prisonnière. Cette bête fait-elle partie de l'expérience, ou bien joue-t-elle un rôle séparé, personne n'ayant encore remarqué sa présence ? (Je précise : personne d'autre que moi, c'est-à-dire ni Sara ni le docteur Morgan, car je me suis aperçu, dans mon rapide parcours du roman, que, des trois éléments du secret gardé par l'héroïne, l'un était connu par le lecteur, le second par le narrateur lui-même, et le troisième par l'auteur du livre uniquement.) Tandis que je fais ces observations diverses, je continue parallèlement à m'efforcer (toujours sans

résultat) de caser dans ma mémoire l'escalade de la bibliothèque effectuée par Laura sans avoir eu — dit-elle —
d'intention précise ; cette image m'apparaît de plus en
plus absurde et impossible, à moins que l'enfant n'ait
été effrayée par une araignée géante, ou par un rat : si
c'était un bruit de vitre cassée, à l'une des fenêtres
s'ouvrant en bout de couloir, qui avait causé sa panique,
elle aurait plutôt cherché une cachette au fond d'un
placard ou même dans un cabinet de toilette, mais elle
ne serait pas grimpée en haut des étagères...

A ce moment, comme je cherche encore dans le livre,
en feuilletant les pages un peu au hasard, celle qui cor-
respondrait à l'illustration, afin de vérifier les circonstances exactes de la piqûre et d'élucider l'aide éventuelle,
ou au contraire la modification, apportée par la bestiole
au programme fixé, je tombe à nouveau sur le passage
où le narrateur, déguisé en policier, fait irruption chez
la jeune femme rousse qui se fait appeler Joan.

L'homme s'est arrêté à quelques pas de sa victime
dont il contemple avec intérêt le corps dévêtu, à l'exception — comme il a été dit — des chaussures en cuir
vert, des bas noirs à jarretières de dentelle rose et de la
petite croix d'or... Mais voilà qu'un scrupule me vient :
si je reconnais ce fragment d'une façon textuelle (et non
pas seulement anecdotique, car cela ne prouverait rien,
des situations analogues se trouvant dans la plupart des
romans vendus par les librairies galantes de Times
Square), il faut bien que ce volume, dont j'ai oublié la
couverture, me soit déjà passé auparavant sous les yeux.
Il est donc inutile de tourmenter Laura à propos de sa

prétendue acquisition récente. Et, une fois de plus, je me dis qu'elle mène dans cette maison une vie malsaine et triste, sans projets, sans surprises, sans avenir possible.

Depuis bien longtemps, elle a perdu toute communication réelle avec le monde extérieur, auquel seuls désormais la relient des fils truqués, constitués surtout — mis à part les fragments de souvenirs personnels dont j'espère lui avoir fait oublier les scènes les plus violentes — par cette bibliothèque policière en ruine, par les anecdotes quotidiennes que moi-même je lui rapporte en les expurgeant avec soin de toute allusion aux opérations destructrices, et enfin, à certaines heures et sous réserve de prendre les précautions d'usage en tenant entrouverts les rideaux de sa chambre, par la cour de récréation de l'école où, derrière un fort treillage métallique d'au moins six mètres de haut, les fillettes noires jouent comme tous les enfants à des simulacres mystérieux et cruels.

Je devrais, moi aussi, faire un effort pour distraire davantage ma petite captive, puisque j'ai décidé (provisoirement ?) de la garder chez moi, bien à l'abri, afin de la soustraire aux décisions suprêmes et de la protéger du mal. Sans compter que, si elle s'ennuie trop, Laura risque de commettre un beau jour, en mon absence, quelque faute monstrueuse, qui nous perdra tous les deux. Mais que puis-je inventer ? Il faudrait en tout cas renouveler sa provision romanesque d'histoires criminelles ; le choix en sera facile à la devanture des librairies spécialisées, puisque l'image de couverture joue un si grand rôle dans l'intérêt suscité par ces ouvrages. Je pourrais aussi lui apporter des bonbons, des romans-photos érotiques, du parfum, des journaux de mode, des bandes dessinées, des cigarettes à la marijane, et peut-être installer un récepteur de télévision : les reportages en couleurs changeraient un peu l'atmosphère de cette bâtisse aux trois quarts démeublée qui lui sert de prison, et remédieraient dans une faible mesure à l'interruption précoce de ses études, grâce aux documentaires sur l'Afrique ou sur l'Extrême-Orient.

Quant à lui amener des compagnes de jeu, il ne saurait hélas en être question, à moins de choisir comme invitées — différentes donc à chaque fois — les jeunes femmes figurant sur les listes d'exécution : les attirer ici sous un prétexte quelconque, les laisser à Laura le temps qu'elle voudrait pour s'amuser avec elles, et tenir prêtes les dispositions nécessaires en vue de leur sacrifice — soit sur place, soit ailleurs — sans que les victimes puissent dans l'intervalle avoir de contact avec qui que ce soit appartenant ou non à l'organisation. Si leur supplice devait se dérouler ici-même, il est du reste possible que Laura y prenne goût, au moins comme spectatrice.

J'ai noté tout à l'heure de revenir à l'occasion sur un autre point important : essayer de donner une description plus juste de la façon dont elle s'exprime quand je lui pose une question, ou quand elle me raconte sa journée, le soir à mon retour. Ses paroles ne forment jamais un discours continu : on dirait des morceaux découpés que plus rien ne relie entre eux, en dépit du ton appliqué laissant supposer un ensemble cohérent qui existerait au loin, ailleurs que dans sa tête probablement ; et il y a toujours, suspendue au-dessus des éléments mis tant bien que mal bout à bout, l'appréhension d'une catastrophe imminente, imprévisible quoique inéluctable, qui va réduire à néant cet ordre précaire.

Et moi, las de tout calculer, je finis par attendre à mon tour l'événement incalculable qui va tout faire sauter dans un instant. Et je rentre ainsi à la maison, nuit après nuit, et je dépose ma clef sur le marbre de la console, dans le vestibule, et je gravis l'escalier marche par marche avec dans les jambes tout le poids de la fatigue accumulée. Et j'écoute, l'oreille aux aguets, si quelque bruit vient encore de sa chambre. Et, s'il me fallait justifier la désobéissance aux ordres reçus par quelque mouvement de passion incontrôlée, il me serait bien difficile d'affirmer de bonne foi que sa possession illicite me procure en définitive plus de plaisir que d'angoisses. Mais ces regrets, ces retours en arrière, ne sont guère de mise, car pendant ce temps le récit que j'ai commencé poursuit son déroulement, du côté de Harlem, dans le studio surchauffé de la cent vingt-troisième rue où le faux gendarme en uniforme annonce à Joan qu'elle vient d'être condamnée à mort par le tribunal parallèle de juridiction spéciale et que, selon l'usage, il va devoir d'abord la torturer longuement afin de lui faire avouer les détails du complot. Il compte d'ailleurs, dit-il, s'acquitter avec conscience de cette tâche, car il y prendra beaucoup de plaisir, comme elle peut s'en douter, le port de la vareuse militaire et des bottes n'empêchant pas d'éprouver des sentiments humains. Si bien que ça ne sera pas du temps perdu, même dans le cas fort probable où elle n'aurait en fin de compte rien à raconter que la police ne sache déjà.

Cette dernière déclaration doit constituer, dans l'esprit du milicien, une sorte d'hommage poli à la beauté parfaite de sa victime, car il accompagne la phrase d'un discret salut : une inclinaison vers elle de la tête et du buste, un peu raide mais très mondaine. Peu sensible à cette attention, en de pareilles circonstances, la jeune femme, qui a toujours les mains levées au-dessus de sa chevelure rousse, répandue en boucles au désordre charmant (ou provocant), la jeune femme recule vers la paroi de glace en ouvrant démesurément ses yeux verts emplis de frayeur (ou de terreur, ou de stupeur, etc.).

« Je vois que vous avez déjà préparé quelques instruments », ajoute avec un mince sourire l'homme qui maintient le canon de son arme braqué sur la prisonnière, tout en lui désignant d'un mouvement de tête, sur la table à repasser, les ciseaux brillants aux pointes acérées ainsi que le fer électrique qui commence à fumer sur la robe de soie. Il pense, en même temps, que la table va aussi lui servir : elle est d'une forme allongée très pratique et ses pieds de métal, qui vont en s'écartant vers le sol, lui donnent une bonne stabilité ; ils sont même munis, au tiers inférieur environ, de quatre petites courroies de cuir qui semblent prévues pour emprisonner les poignets et les chevilles des membres tirés en arrière. Le policier se demande même à quoi elles peuvent bien servir d'autre. Sur le point de poser la question à la condamnée, il change d'idée en reportant les yeux sur elle.

97

« Je vais commencer par vous violer, dit-il. Je le ferai sans doute encore par la suite au cours de l'interrogatoire, ainsi qu'il est recommandé dans nos instructions, mais j'ai envie de vous prendre une première fois avant de vous attacher. Ce reportage, à la télévision, m'a un peu ému, bien que, dans notre métier, je vous prie de croire qu'on en voit d'autres. J'ai remarqué, quand j'étais sur le balcon, que les bons épisodes vous plaisaient, à vous aussi ; par conséquent, vous pourriez même prendre un certain intérêt à ce que vous allez subir, au début en tout cas, et j'en suis heureux pour vous. (Pour moi, en effet, vous l'avez compris, le plaisir éprouvé par la partenaire ne fait guère partie de mes fixations personnelles et fétiches.) Tenez, mettez-vous là, sur le divan.

Non, pas comme ça, à genoux. Voilà, c'est bien : tournée vers le mur. Appuyez-vous avec les avant-bras. Courbez la nuque : c'est plus joli. Déhanchez-vous un peu. Ouvrez les cuisses davantage. Et cambrez-vous le plus possible. Voilà ! Vous êtes vraiment aussi bien faite qu'on le dit ; votre peau est d'une grande finesse, à la vue comme au toucher, et vous avez une odeur très agréable. Tout cela figure d'ailleurs dans le rapport. Allons, petite putain, ne faites pas de manières : pensez qu'il s'agit malgré tout d'un sursis, dont vous regretterez bientôt la douceur, malgré ces attouchements qui paraissent vous choquer et la posture que vous jugez à présent peu confortable.

Bon. C'est mieux. Nous allons pouvoir entamer tout de suite les questions préliminaires, si vous voulez bien. Quand vous n'aurez plus rien à déclarer, votre supplice commencera, pour voir si vous avez dit la vérité ou non. Sans vous changer de position ni vous contenir davantage, on pourra d'abord, pour des raisons purement plastiques, faire couler un peu de sang sur ces fesses blanches. Puis, lorsque nous passerons à l'autre face (c'est-à-dire principalement les seins, le pubis et la vulve, bien entendu), il sera préférable de vous lier solidement sur le chevalet. J'espère que vous n'aurez alors, effectivement, plus rien d'intéressant à dire, car je serai obligé de hausser au maximum le son du téléviseur, pour couvrir vos cris, si bien que je ne comprendrai plus les réponses.

Ah, j'oubliais : entre les deux parties du programme, vous devrez me servir à boire et me préparer une collation : des œufs au jambon, par exemple. Vous vous montrerez, au cours de cet entracte, attentive et prévenante. Vous pourriez même me faire la conversation, en fumant votre dernière cigarette ; ce serait du moins votre intérêt, pour prolonger autant que possible ce répit. Ensuite, de toute façon, que vous ajoutiez ou non quelque détail nouveau sous l'effet de la douleur, vous serez torturée à mort, selon ce qui est prévu dans votre condamnation. Ne protestez pas, c'est inutile. Et retenez vos pleurs : les bêlements de l'agneau, dit un proverbe chinois, ne font qu'exciter le tigre. Voyons : vous vous appelez Joan Robeson. Répondez, ça vaudra mieux : tant que vous pourrez répondre, vous n'aurez pas à souffrir de trop graves tourments. Donc, vous vous appelez Robeson ?

— Oui.

— Prénom ?

— Joan.
— Surnom ?
— JR.
— Quel âge avez-vous ?
— Vingt-et-un ans.
— Profession ?
— Etudiante.
— En quoi ?
— Histoire des religions.
— Avez-vous déjà d'autres certificats ?
— Oui, deux.
— Lesquels ?
— Philosophie politique. Esthétique du crime.
— D'où tirez-vous vos moyens d'existence ?
— Je travaille à mi-temps.
— Quel genre de travail ?
— Prostitution.
— Catégorie ?
— Luxe.
— A votre compte ou pour une société ?
— Pour le compte d'une société.
— Quelle société ? Vous devriez répondre avec plus de complaisance, sans me forcer à relancer l'interrogatoire à chaque mot. Rappelez-vous ce que je vous ai dit ! Et puis, conservez la pose mieux que ça. Nous disions : pour une société.
— Oui. La Johnson Limited. Je vous demande pardon.
— C'est bien. Mais ne bougez pas tant, je vous prie. En êtes-vous contente ?

— Heu... De quoi au juste ?

— Eh bien, de la Johnson !

— Oui. Ils sont corrects.

— Combien gagnez-vous ?

— De quatre-vingts à mille dollars par soirée. La société prend cinquante pour cent.

— Vous devez avoir tendance à dissimuler une partie des gains ?

— Non. Je suis honnête. Et, de toute manière, il y a les fiches de paye. Le contrôle est très sévère. A présent, presque tout est automatique : les clients règlent de plus en plus avec des chèques établis par une horloge comptable.

— Ça doit être compliqué, avec la variété des exercices et des tarifs ?

— Nous avons une carte avec barèmes perforés, pour permettre les calculs de la machine.

— Vous êtes sûre que vous ne fraudez jamais ?

— Je le jure.

— Bon. Nous verrons tout à l'heure si les fines tenailles de la trousse réglementaire, ou les longues aiguilles rougies au feu, vous font changer d'avis. Vous avez le gaz, naturellement ?

— Oui, dans la cuisine. La question des honoraires déclarés est-elle si importante ?

— Aucune question n'est importante. C'est seulement une affaire de principes. Vous avez lu notre devise sur l'écusson des casquettes : « La Vérité, ma seule passion. »

— Mais si une torture trop vive fait au contraire commettre un mensonge ?

— Cela arrive souvent ; toujours même, vous verrez, quand on insiste assez longtemps.

— Alors le but de l'opération vous échappe, sinon le plaisir ?

— Non. Ne croyez pas me surprendre par vos arguments spécieux, dans l'espoir sans doute d'échapper au sort qui vous attend. Le cas dont vous parlez a été prévu, vous êtes sotte de ne pas y avoir réfléchi. Supposons que vous affirmiez d'abord une chose, puis son contraire ; l'ensemble des deux réponses comporte alors, à coup sûr, l'expression de la vérité dans la moitié des cas. A partir de cette certitude, tout le reste n'est plus qu'une question de calculs mathématiques, exécutés par le cerveau électronique auquel on soumettra votre déposition. C'est même pour cette raison, afin de ne pas fausser les résultats du calcul, qu'il importe de faire durer le supplice très longtemps : ainsi chaque affirmation finit par être accompagnée de son contraire. Vous avez compris ? Bon. Revenons à la Johnson Limited. Cinquante pour cent, c'est trop. Ne préféreriez-vous pas travailler plutôt pour la police ?

— Dans la même branche ?

— Oui, naturellement. Vous avez l'air assez douée. Quand j'ai commencé à vous caresser, vous étiez déjà toute humide.

— Ça devait être à cause de ce film où on empalait des filles, ou bien c'était la peur, ou la vue d'un uniforme. Mais, pour le changement d'employeur, je dois donner

102

un préavis. Et puis, tout dépend des conditions que vous offrez.

— On peut en discuter, tranquillement, au cours de la pause. D'abord vous auriez la vie sauve, ce qui est un avantage ; après seulement une heure ou deux de supplices pour la bonne règle : ça vous laisse le temps de bien réfléchir, et moi je ne suis pas venu pour rien. En attendant, racontez-moi qui est Ben Saïd.

— Vous le connaissez ?

— C'est un nom qui revient à plusieurs reprises dans le rapport.

— A mon avis, c'est plutôt un pauvre type.

— Que fait-il dans votre organisation ?

— Il est intermédiaire. Ce n'est qu'un Arabe, comme vous savez, mais chez nous on ne veut pas faire de différences entre les diverses teintes.

— Vous, vous êtes juive ?

— Non, pas du tout : je suis une négresse de Porto-Rico.

— Mes compliments, on ne dirait pas. Alors, Ben Saïd ?

— Le chef l'a rencontré au cours d'une bagarre contre la police montée. Pour un type comme lui, c'était quand même dommage de perdre son temps dans des manifestations de ce genre ; il est très instruit : il parle vingt-trois langues, y compris le gaëlique et l'afrikaans.

— Mais pas l'anglais ?

— Non. Ce n'est pas un dialecte indispensable pour un révolutionnaire américain. Dans le service, en tout cas, l'espagnol suffit... Comme ça, vous me faites très mal.

— Oui. C'est exprès. Quelle est sa fonction exacte ?

— Intermédiaire. J'ai déjà répondu à cette question.

— Pourquoi avez-vous dit que c'était un pauvre type ?

— Oh, pour un tas de petites choses. Un jour on l'envoie surveiller une maison, du côté de Greenwich, où il se passait des événements anormaux, bien qu'elle soit en principe habitée tout entière par un de nos agents. Ben Saïd arrive, en costume bien voyant de détective privé, avec un masque plastique mal collé, des lunettes noires pour cacher les yeux et tout l'attirail classique : chapeau mou à bord rabattu, imperméable raglan au col relevé par derrière, etc. Et déguisé de la sorte, il vient se planter bien en vue sur le trottoir d'en face...

— Bon. Ce passage-là est déjà dans le dossier. Le seul point dont je n'étais pas certain, c'est que l'homme fût Ben Saïd. Pouvez-vous citer un autre exemple ?

— Si, c'est bien lui ! Vous n'avez qu'à regarder de près, quand vous rentrerez chez vous ce soir. Il a toujours, sous le plastique, son tic nerveux de la joue gauche ; et la peau du masque, à la longue, fait un pli oblique entre la pommette et l'aile du nez. Ça lui donne envie, tout le temps, de tirer sur le bord inférieur pour retendre l'ensemble ; comme il a peur que ce geste ne révèle la supercherie, il tient les mains bien enfoncées dans les poches, ce qui accentue son air de flic d'une façon risible. Excusez-moi. Tout à l'heure encore, avant

104

qu'on ne commence à charger les cigarettes dans la Buick, tous les trois, je l'ai pris de loin pour un policier en civil et j'ai failli continuer ma route, au lieu d'arrêter la voiture à l'endroit prévu : j'étais persuadée que la combinaison avait été découverte. C'est juste au dernier moment, en longeant le trottoir au ralenti comme si je racolais, que j'ai reconnu Ben Saïd. Je me suis un peu moquée de lui en descendant et ensuite il a fait la tête, pendant tout le travail, vous vous souvenez...

— Je vous ai demandé un autre exemple à l'appui de l'opinion que vous aviez avancée à son propos, et pas vos petites histoires personnelles de vendeuse dans un grand magasin, ou de dactylo intérimaire.

— Oh, non, je vous en prie, ne continuez pas. Ça fait trop mal. Je vous demande pardon. Vous verrez : je vous promets d'être gentille. Je ferai tout ce que vous voudrez. Et je ne parlerai pas de ces choses-là, puisqu'elles vous agacent.

— Ne bougez pas tant, ou je vous attache tout de suite. Et arrangez-vous pour inventer des faits précis et significatifs.

— Oui. Je vous en supplie. Le métro. Voilà, c'est ça : le wagon de métro et la scène avec les trois blousons noirs. Ben Saïd se trouve, en pleine nuit, dans une voiture vide qui roule à toute allure sur une voie express, vers un quartier périphérique — Brooklyn, je crois —, l'endroit et l'heure où il y a toujours des voyous, qui circulent d'un bout à l'autre de la rame en passant par les portes de communication, à la recherche d'un mauvais coup à faire. J'ai été violentée moi-même assez

105

souvent, sur cette ligne-là, en rentrant du travail. C'est assez ennuyeux, parce que, si on refuse, ils vous attachent les mains dans le dos et ensuite, après vous avoir prise quand même de force à tour de rôle, ils vous pendent à un porte-bagages ou bien ils vous précipitent sur la voie par une portière, quelquefois en vous laissant accrochée par une corde au train qui continue sa course sans que le conducteur se soit aperçu de rien, ce qui achève d'arracher les vêtements, meurtrit le corps d'une manière horrible, brise les membres et multiplie les blessures à tel point qu'on est méconnaissable en arrivant au terminus. Plusieurs amies à moi sont mortes de cette façon. Mais si au contraire, pour éviter ça, on se laisse faire de bonne grâce, on risque alors un procès avec le syndicat pour exercice clandestin de la profession. L'amende est si forte qu'on doit consacrer tout le reste de sa vie à la payer ; sans compter qu'on peut même avoir affaire à un agent provocateur : c'est arrivé aussi à une collègue du bureau... Non, s'il vous plaît, ne faites pas ça. Je pensais vous plaire en me livrant à ce genre de digression. Mais, maintenant, je continue avec Ben Saïd. Il est assis dans son coin, face à la marche, en tête d'un wagon, et, à cause du bruit de ferraille que font ces trains rapides, il n'entend pas les jeunes vauriens qui sont entrés par la petite porte, à l'autre bout, et qui se concertent dans son dos pour décider comment ils vont en tirer le meilleur parti. Ce sont des gosses d'une quinzaine d'années à peine, tous les trois de la même taille à peu près ; mais, à les mieux observer, on s'aperçoit qu'il y a une fille parmi eux, bien que le costume de celle-ci — pantalon et blouson de cuir noir — soit exactement identique dans son principe à celui des deux autres. C'est une adolescente mince quoique déjà formée, gracieuse, avec des cheveux blonds coupés courts. On voit que ses vêtements ne sont pas de la confection en série : le style en est élégant, la matière souple, douce, brillante sans excès, coûteuse probablement ; le pantalon est en cuir noir, lui aussi, et à fermeture éclair comme le blouson, dont le col est entrouvert jusqu'à la naissance des seins. Il fait si chaud dans les souterrains du chemin de fer qu'elles sont nues, là-dessous, en général. Oui, oui, je continue. Les deux garçons, blonds également, ont des visages réguliers, aux traits assez beaux, malgré leur air un peu efféminé, la négligence extrême de leur mise, la cigarette au coin des lèvres, les boucles trop longues, etc. L'un des deux, en particulier, est tout à fait malpropre ; son pantalon de toile, plus gris que noir, présente en outre une déchirure verticale de dix centimètres sur la cheville, au bas de la jambe gauche, comme s'il s'était accroché à du fil de fer barbelé au cours d'un cambriolage ; et ses chaussures, dont les lacets ne peuvent plus se défaire à cause des nœuds qui en raccordent les bouts cassés, sont enfilées comme des savates en écrasant le talon. Quant à sa façon de parler, elle ne semble pas être le reflet d'études très poussées.

On a d'ailleurs l'impression que c'est la fille qui commande. Elle porte même, à la patte d'épaule gauche, une barrette en or qui, à première vue, ressemble à un discret galon de lieutenant ; de plus près, on se rend compte qu'il ne s'agit pas d'un trait continu, mais d'un ensemble de lettres capitales, en caractères épais, formant un prénom : Laura. Les garçons, eux, ont seulement leur initiale brodée en rouge sur la poche droite du blouson, ce qui aide à les distinguer l'un de l'autre, car autrement, de visage comme de silhouette, et la saleté excessive de l'un mise à part, ils sont aussi semblables entre eux que des jumeaux. Les lettres brodées sont un M pour le plus négligé, un W pour son frère. Leurs prénoms complets doivent figurer sur la plaque d'identité qu'ils portent chacun au poignet droit, retenue par une grosse chaîne de nickel, mais la face gravée en est tournée vers la peau.

La fille a déterminé le plan d'attaque : c'est W (dont l'allure générale est un peu meilleure) que l'on envoie seul, comme appât, à ce voyageur solitaire et fatigué, mais vêtu d'une manière qui dénote l'aisance et, sans doute aussi, des mœurs particulières. (Ben Saïd a délaissé son ciré, ce jour-là, pour un pardessus en poil de chameau, complété par un chapeau de feutre à bords rigides.) Pendant ce temps, l'autre garçon regagne avec Laura la voiture d'à côté. Comme cette dernière est vide également, l'adolescente estime que son compagnon devrait en profiter. Aussi, à titre d'encouragement, elle saisit l'occasion d'un cahot plus marqué, dans une courbe de la voie, pour se laisser aller mollement contre la poitrine mâle — ou supposée telle — en se retenant aux hanches du gamin sous prétexte de retrouver son propre équilibre. Ce contact est d'autant plus intéressant pour le partenaire que l'anneau à glissière qui commande l'ouverture du blouson est descendu, au cours de ce mouvement subtil, d'encore vingt centimètres au moins, si bien que la fente atteint à présent le nombril, dont le creux en forme de fleur minuscule se devine, entre les deux bords garnis de petites dents métalliques, à l'extrême pointe d'un mince V de peau nue. Le geste a été si coulé, si prompt et si naturel qu'on croirait être en présence d'un pur hasard, ou alors d'un exercice mainte fois répété. Le garçon n'a pas besoin d'explications plus amples et, sans prendre la peine d'élucider ce dernier problème, il retient son lieutenant d'un bras ferme passé derrière la taille — toujours pour l'empêcher de tomber — puis, ayant ôté de l'autre main sa cigarette d'entre ses lèvres, il avance la bouche contre celle de la fille qui se trouve juste à la hauteur souhaitée. Sentant qu'on lui rend son baiser avec chaleur, avec complaisance, avec passion, etc., il laisse choir le mégot à terre et passe sa main désormais libre dans l'entrebâillement du blouson.

Tout paraît se passer très bien — puisque la pointe menue du téton déjà se dresse (ou bien se raidit, s'allonge, grossit, se tend, se durcit, se gonfle de sève, entre en érection, en turgescence, etc., on a compris), sous la caresse de trois doigts sales, tandis que, plus bas, un triangle à peine bombé de tendre cuir noir commence à se frotter contre le grossier pantalon maculé de taches — quand, brusquement, l'adolescente retire ses lèvres, s'écarte d'un pas vif en arrière qui libère du même coup la taille et le sein, et gifle avec violence son partenaire décontenancé, afin de lui apprendre à respecter les supérieurs hiérarchiques. Et aussitôt, d'un geste sec de pudeur outragée, elle remonte jusqu'au cou le gros anneau en cuivre de la fermeture éclair, qui clôt hermétiquement le blouson dans un crissement d'étoffe déchirée, ou sifflement de fouet sur la chair nue, gémissement de l'air dans la gorge lors d'une inspiration trop vive sous l'effet de la douleur, bruit soyeux de la longue blessure ouverte à la pointe du couteau, crépitement de l'allumette qui glisse sur son frottoir, grésillement soudain, dans les flammes, des lingeries de fine dentelle, de la chevelure répandue, de la touffe de soie rousse, ou du buisson ardent, ou de la toison d'or, ça suffit comme ça, vous pouvez continuer.

Immobile et les dents serrées, à deux mètres en face du garçon qui se baisse pour ramasser son bout de cigarette éteint et, une fois redressé, le place à nouveau dans le coin de sa bouche, Laura fixe le regard, avec une moue de répugnance, sur la braguette déformée du mince pantalon trop collant. Un sourire méprisant, ou moqueur, ou de curiosité satisfaite, passe sur ses lèvres closes et entre les longs cils de ses paupières rapprochées, puis elle déclare avec son meilleur accent de Cambridge : « Oh, Marc-Anthony, vous êtes dégoûtant ! » Au même instant, les deux complices éclatent d'un rire bref et enfantin ; puis, se tenant par la main à une distance raisonnable, ils exécutent d'un bout à l'autre du wagon vide un pas de danse improvisé sur des thèmes sioux.

Mais, une seconde plus tard, ils sont de nouveau immobiles et raides l'un en face de l'autre. Le garçon a dû rallumer sa demi-cigarette, car il s'en échappe, comme précédemment, un mince fil tordu de fumée. Au bout d'un temps indéterminé, sans même enlever le mégot coincé à la commissure des lèvres, il envoie un crachat net et rond contre la vitre, derrière laquelle défilent les quais déserts et mal éclairés d'une station secondaire. Laura, qui contemple la tache de salive épaisse, blanchâtre, dont le bord inférieur commence à couler vers le bas, aperçoit de l'autre côté de la glace les exemplaires multiples, identiques, équidistants, d'une affiche géante qui se répète à brefs intervalles, d'un bout à l'autre de la paroi courbe en céramique blanche détériorée : l'immense visage d'une jeune femme aux yeux bandés de noir et à la bouche entrouverte. Autant que la vitesse du convoi permet d'en juger, il doit s'agir d'une bonne reproduction de photographie en couleur, aux teintes pastel, dont le modelé ressort admirablement sur un fond assez sombre. Juste en-dessous d'un menton au dessin très pur, on lit, tracé en écriture cursive et seul déchiffrable du texte probablement laconique de cette publicité, le mot : « Demain... » Sur la dernière affiche de la série, à l'extrémité du quai, un inconnu a rajouté à la suite, d'une main adroite reproduisant la même forme de caractère et la même ordonnance, mais à la peinture rouge au lieu du bleu ciel des lettres imprimées : « la Révolution ».

Ensuite c'est de nouveau le tunnel sans lumière, et le reflet pâle de la figure du garçon qui se déplace parallèlement au train sur le mur de ciment brut, un peu plus haut que les trois câbles aux festons superposés. Mais la paroi, si proche qu'on pourrait presque la toucher de la main par la portière entrebâillée du wagon, soudain s'écarte et disparaît : la clarté répandue alentour par le convoi illuminé ne vient plus frapper aucun obstacle latéral, comme si les voitures sans passagers roulaient désormais dans le vide complet de la nuit. En même temps, le bruit s'est modifié d'un seul coup : le fracas des roues sur les rails, le grincement des essieux, la vibration des tôles, ont perdu de leur proximité, de leur agressivité immédiate ; mais, répercuté par une voûte plus haute qui trahit ainsi son existence invisible, à quelques dizaines de mètres ou encore davantage, le son a pris de l'ampleur : magnifié, chargé d'harmoniques graves et d'échos successifs qui en décuplent la puissance, comme s'il était retransmis par l'intermédiaire de cent haut-parleurs, il écrase tout cette fois de sa présence diffuse mais assourdissante, monstrueuse, qui investit la gigantesque cavité souterraine, l'intérieur du wagon, les oreilles, le crâne enfin, dernière caisse de résonance où viennent se concentrer les martèlements et grondements du métal.

Et moi, pendant ce temps, dans le vacarme, qui s'amplifie de plus en plus, de toute la carcasse métallique en train de vibrer sous mes pas précipités, je continue toujours à descendre l'interminable et vertigineux escalier de fer. A chaque nouveau palier, j'interromps ma course une seconde pour me pencher par-dessus le garde-fou et je découvre au-dessous de moi, encore un peu plus reculée, la foule anxieuse et muette, peut-être déjà à des centaines de mètres, si loin que les visages levés ne forment plus qu'une mer de points blancs.

Alors je referme le livre à la couverture déchirée, que je rends à sa lectrice après avoir jeté un ultime coup d'œil à l'illustration, dont le sens exact m'échappe encore ; il me semble que l'araignée, sur le sol, a progressé de nouveau d'une façon sensible, en direction de l'épaule nue. Mais voilà que Laura se met, tout à coup, à me raconter une histoire qui, dit-elle, a occupé une partie de son après-midi. Malgré un ton soudain animé, amusé même, elle donne toujours cette impression de recevoir d'ailleurs des phrases toutes prêtes, dont elle ne peut elle-même que déchiffrer le sens au fur et à mesure qu'elle les prononce à haute voix. Donc, elle aurait entendu des bruits sur le perron, à la porte d'entrée, et se serait approchée en catimini, le long de la paroi du vestibule : quelqu'un fourrageait dans la serrure. Elle a bientôt compris qu'il s'agissait d'un maniaque, dont le but n'était pas d'ouvrir la porte mais de regarder par le trou : étant en effet venue sur la pointe des pieds, en s'arrangeant pour demeurer dans le noir, se placer de biais contre la vitre rectangulaire que protège à l'extérieur un épais motif de ferronnerie, elle a vu le crâne chauve de l'homme courbé dans la position du voyeur, alors que les espaces libres entre les volutes de la grille en fonte, un peu au-dessus, lui laissaient beaucoup plus de chances d'apercevoir quelque chose à l'intérieur, et avec moins de fatigue.

Laura s'était d'abord décidée à lui crever l'œil avec une aiguille à tricoter, mais elle a ensuite trouvé autre chose de plus amusant, grâce précisément à ce roman policier qu'elle était en train de lire et tenait alors à la main. Après avoir arraché le haut de la couverture, car la présence du titre et du nom de l'auteur risque d'empêcher l'illusion, elle place l'image bien en face de la minuscule entrée de serrure, juste à la bonne distance pour que l'observateur situé au dehors découvre l'ensemble du sujet, mais pas les bords du carton. Quand tout est prêt, elle donne de la lumière, en appuyant sur le bouton électrique qui se trouve à portée de sa main, tout en conservant le livre bien immobile.

Comme le serrurier est myope, il ne remarque pas que la scène est toute proche, totalement fixe et plate ; il l'imagine grandeur nature et située beaucoup plus loin : au bout d'un couloir. Le geste suspendu du personnage, en train de régler avec minutie l'aiguille de sa seringue, laisse encore la possibilité d'agir et de secourir cette malheureuse à qui on va injecter du pétrole dans les veines. Il est arrivé à temps. Sans prendre la peine d'observer les détails du tableau, il s'enfuit à toutes jambes, pour aller chercher du secours, abandonnant son matériel sur les marches.

Le faux Ben Saïd, dans l'encoignure de la maison d'en face, se demande avec perplexité quelle peut être la raison d'une aussi étrange conduite, et ce que l'homme a bien pu voir par le trou de la serrure. Cependant, aucun ordre ne lui enjoint de quitter son poste de surveillance pour aller y regarder lui-même : il pourrait s'agir d'une feinte et, tandis qu'il serait en train de s'escrimer à découvrir quelque chose qui n'existe pas, l'œil collé à la porte, on adresserait par les fenêtres des signaux à quelque complice. Aussi le factionnaire se contente d'extraire de sa poche intérieure un petit carnet noir, dont les plats de faux cuir sont si usés qu'ils laissent voir la trame du tissu sous-jacent, dans les angles ; puis, après avoir ôté ses deux gants pour les placer sous son aisselle gauche, il note, à la suite de ses observations précédentes, le récit succinct de l'événement, ainsi que l'heure exacte, contrôlée à la seconde près sur son bracelet-montre. Dans l'effort qu'il fait pour rendre son texte à la fois bref et précis, un tic nerveux du visage plisse sa joue gauche, à deux reprises. Alors, sans y penser, encore tout à la phrase dont la rédaction vient de lui donner tant de mal, il remet le carnet dans sa poche et aussitôt, saisissant à deux mains entre le pouce et l'index replié la chair flasque de son cou, de part et d'autre du menton, il tire sur sa peau dans l'espoir de faire cesser cette crispation involontaire qui l'agace, un peu comme s'il essayait de retendre un masque en matière plastique mal collé.

Laura, qui a entendu les pas affolés du voyeur dévalant les marches et s'éloignant à toutes jambes le long du trottoir de droite, a éteint la lumière et s'est approchée à nouveau du judas vitré, pour surveiller la rue. L'homme en noir ayant remis ses gants et replacé les deux mains au fond de ses poches, elle quitte son poste d'observation et fait quelques pas indécis vers l'escalier. Aucun bref sourire ne passe sur ses lèvres serrées ni entre les longs cils de ses paupières. Arrivée devant la console, elle accomplit avec cérémonie le geste de déposer sur le marbre un trousseau de clefs imaginaires, tout en levant les yeux vers la grande glace. Visage fermé, yeux grands ouverts et vides, elle se regarde un instant, sans se voir, dans les profondeurs glauques du vestibule, mal éclairé par le demi-jour provenant du rectangle percé dans la porte d'entrée. Au bout d'un temps notable d'immobilité totale et de silence, elle prononce à mi-voix le mot « ulve », qui remonte elle ne sait d'où.

Apercevant à ce moment sa propre image, elle essaie de reproduire le rictus de la joue qu'elle vient d'observer une fois de plus chez le personnage au ciré noir. Elle y parvient de façon satisfaisante et en profite pour expérimenter divers autres tics, rapides et périodiques, affectant différentes portions du visage. Puis elle articule encore deux mots, à voix un peu plus haute et avec des mouvements de bouche exagérés : « Sexe axial », suivis après un blanc assez long, au cours duquel sa joue s'est crispée trois fois de suite, par la phrase demeurée incomplète : « ... le corps étendu sur les marches de l'autel, avec sept couteaux fichés dans les chairs, tout autour de la toison rousse... » qui provient du roman populaire à couverture déchirée, lequel se trouve à présent sous son bras gauche. Enfin, toujours avec autant d'application et de sérieux, elle dit : « N'oublie pas de mettre le feu, Marc-Antoine. »

Elle remarque alors, dans la glace, la porte entrebâillée de la bibliothèque ; elle exécute une vive volte-face en direction de l'objet réel et pénètre dans la pièce à pas comptés, feutrés, comme si elle espérait y surprendre quelqu'un en flagrant délit. Mais il n'y a personne et c'est facile de le constater du premier regard, puisqu'il n'y a pas non plus de meubles, en dehors des rayonnages vides qui occupent toutes les parois jusqu'au plafond. Laura saisit le livre qu'elle avait placé sous son aisselle, en même temps que les gants noirs de Ben Saïd, et elle le lance à toute volée vers l'étagère supérieure, dans le coin le plus sombre, car son rôle est à présent terminé.

116

Elle gravit l'escalier marche par marche, en s'appliquant à ressentir dans ses jeunes jambes toute la fatigue accumulée au cours d'une longue journée de travail inexistante. En arrivant au premier étage, elle laisse tomber sa clef par mégarde ; le bruit complexe que celle-ci produit en venant frapper contre un des barreaux en fer de la rampe, puis en rebondissant sur le sol de fausse pierre, ressemble — ne ressemble pas — au tintement clair d'une vitre cassée par un assassin qui fracture la fenêtre au bout du couloir.

Au bout du couloir, le carreau fêlé est toujours en place, marqué seulement, dans la masse du verre, d'une étoile à quatorze branches couvrant toute sa surface, dont aucun morceau ne s'est encore détaché. Plusieurs des rayons de l'étoile — cinq exactement, ou peut-être six — s'arrêtent avant d'avoir atteint les bords du carré ; il serait tentant de les faire progresser, en appuyant un peu sur le point central, mais le risque de briser tout à fait la vitre est trop grand ; d'autant plus que les fragments qui retomberaient à l'extérieur, sur la passerelle métallique, attireraient à coup sûr l'attention du geôlier qui monte la garde sur le trottoir d'en face.

Il est à présent aussi figé qu'un personnage de cire, comme on en voit au musée du crime. Laura, accroupie contre la porte-fenêtre, le considère déjà depuis un moment, la ligne de son regard passant entre deux lames du palier à claire-voie. Il serait, bien sûr, distrayant de lui faire lever les yeux, en cassant un carreau ou d'une autre manière, puis, se haussant avec lenteur de quelque cinquante centimètres, faire apparaître au ras de la plate-forme, entre les barres verticales du garde-fou, une tête grimaçante de décapitée.

Mais la main droite de Laura rencontre par hasard, en changeant son point d'appui, un des morceaux de verre tombés sur le sol. Posant le genou au milieu d'une dalle, à un emplacement choisi avec soin pour ne pas se couper, le menton venant s'appuyer contre l'autre genou dont les lèvres caressent la peau tendue, lisse et glissante sous le bout de la langue, la jeune fille commence à ramasser entre deux doigts méticuleux les fins poignards transparents, et à les recueillir un à un dans le creux de son autre paume, très doucement, au ralenti, avec autant de précautions et de respect que si c'étaient des diamants.

Lorsqu'elle se redresse et qu'elle regarde le long couloir devant elle, avec toutes les portes qui s'ouvrent à droite et à gauche, elle n'arrive plus à se rappeler laquelle donne accès à sa chambre, où elle doit pourtant se rendre afin de mettre en lieu sûr les couteaux de cristal qu'elle vient de se fabriquer. Toutes les portes sont identiques et le nombre en paraît plus élevé que d'habitude. Laura se penche contre la première pour tenter d'apercevoir, par le trou de la serrure, ce qu'il y a de l'autre côté ; mais elle ne voit rien, et elle n'ose pas insister à cause de l'aiguille à tricoter du petit homme chauve. Elle ouvre la porte d'un seul coup, avec violence. Le battant frappe contre une butée de caoutchouc et revient en vibrant jusqu'à moitié course. La pièce est vide : ni assassin, ni lit, ni meuble d'aucune sorte. Laura passe à la suivante.

A la cinquième porte, elle se trouve dans une chambre vide encore de tout mobilier, qui donc n'est toujours pas la sienne, mais qui pourtant devrait l'être puisqu'elle donne de la même façon sur la cour entourée de hauts grillages d'une école de filles, la même d'ailleurs probablement. Les élèves sont en récréation ; cependant elles ne semblent guère nombreuses aujourd'hui : six en tout et pour tout, qui sont en train de jouer à une sorte de colin-maillard. Il n'y a là — comme d'ordinaire à de rares exceptions près — que des fillettes de couleur, âgées de douze à quatorze ans. C'est une des plus jeunes qui a sur les yeux le bandeau de soie blanche et qui évolue d'un pas incertain, apeuré, les deux bras tendus en avant explorant le vide comme des antennes d'insecte aveugle, et la bouche entrouverte. Les cinq autres qui l'entourent sont munies chacune d'une longue règle de fer à section carrée, qui fait sans doute partie de la trousse à dessin dont elles doivent se servir pour tracer sur leurs cahiers des figures de géométrie. Mais l'usage qu'elles en font ici serait plutôt celui de banderilles dans l'arène. Tout en avançant et reculant pour demeurer à deux ou trois pas de leur compagne désarmée, c'est-à-dire hors de portée de ses mains pourtant moins menaçantes que craintives, elles exécutent avec lenteur autour d'elle une sorte de danse sauvage, à grandes enjambées silencieuses, en faisant avec les bras levés plus haut que leurs têtes des gestes de vaste amplitude, arrondis, cérémonieux, et qui, dépourvus de signification apparente, même symbolique, semblent néanmoins appartenir au rituel de quelque sacrifice religieux. De temps en temps,

119

l'une ou l'autre s'approche et touche durement du bout de sa règle la fillette sans défense offerte à leurs coups, de préférence aux endroits sensibles, avec assez de précision pour faire tressaillir la victime qui, même, quelquefois, frotte la partie atteinte comme pour en apaiser la douleur.

Tout cela se passe sans cris ni turbulence : c'est un jeu muet, uni, bien réglé, presque cotonneux, et les chaussures de tennis à semelles caoutchoutées ne font pas le moindre bruit sur le ciment de la cour, à travers laquelle le groupe se déplace peu à peu en tournoyant. A la hauteur relative apparente du grillage, par rapport au parallélogramme de la cour, Laura se rend compte de son erreur : sa chambre doit se trouver à l'étage au-dessus.

Elle revient donc à pas comptés, le long du corridor, jusqu'à la cage d'escalier au-dessus de laquelle un instant elle se penche, en se retenant à la rampe avec ses deux bras tendus de part et d'autre du buste, incliné presque à l'horizontale, la tête un peu de côté, l'oreille guettant les bruits absents qui viendraient d'en bas : bruits de clef, bruits de porte, bruits de pas, bruits des pages d'un livre. Puis elle reprend sa lente montée, marche par marche, enserrant de sa paume gauche et de ses cinq doigts écartés la main courante en bois rond. Mais, arrivée au palier suivant, elle entend de nouveau avec netteté, bien que dans l'imagination du souvenir, les coups légers que l'on perçoit à cet endroit de temps à autre, dans la réalité, venant d'encore plus haut, des pièces inoccupées du dernier étage, comme si quelqu'un frappait avec le bout des doigts contre un panneau de bois plein, signal convenu, geste d'impatience, ou long message en code transmis à quelque autre habitant clandestin de la maison.

Laura poursuit donc son ascension légère et pesante, comme engourdie, mais avec une circonspection accrue, posant cette fois les deux pieds l'un après l'autre sur chaque marche, le gauche d'abord, puis le droit, en évitant tout choc ou crissement de semelle, et touchant à peine la rampe entre le pouce et l'index par crainte de la faire craquer.

Parvenue au sommet, elle s'avance d'abord, du même pas somnolent de paralytique, jusqu'à la porte-fenêtre qui donne sur la dernière plate-forme de l'escalier métallique extérieur. Elle constate que l'homme au ciré noir — qu'elle a baptisé Ben Saïd à cause d'un personnage secondaire du livre à la couverture déchirée — est en train maintenant de parler avec deux gendarmes en uniforme, portant la casquette plate, le baudrier de cuir et la mitraillette au côté. Les deux hommes se sont immobilisés juste en lisière de la chaussée, comme si quelque règlement leur interdisait d'en quitter tout à fait l'asphalte plus sombre. Ils se tiennent exactement de la même manière, un pied dans le caniveau et l'autre posé sur la bordure en pierre du trottoir, et ressemblent ainsi — par leurs vêtements, corpulences et postures identiques — à un unique individu doublé de son reflet dans un miroir. La mitraillette vient elle-même compléter l'illusion, l'homme de droite ayant passé la bretelle sur l'épaule gauche et l'homme de gauche sur l'épaule droite.

Ce sont également, en effet, les deux bottes opposées

121

qui se trouvent placées l'une près de l'autre, en légère surélévation, sur le bord du trottoir. Le pied droit de l'homme de gauche et le pied gauche de l'homme de droite sont ainsi disposés de telle façon, côte à côte et parallèles, qu'ils semblent appartenir à un personnage intermédiaire, qui aurait le pied gauche à droite et le droit à gauche. Mais le troisième personnage de la scène est en réalité Ben Saïd, qui a quitté son encoignure pour s'approcher du caniveau, frontière de la zone d'asphalte plus lisse et plus pâle dont il est lui-même le gardien. Il se tient exactement en face des deux bottes inversées et présente donc, contrairement à ce qui serait normal s'il avait affaire à un seul interlocuteur, son soulier gauche devant la botte gauche et son soulier droit devant la botte droite.

Il a ôté de ses poches les deux mains gantées de cuir noir et il fait un signe en direction de l'extrémité droite de la rue (donc à sa gauche, bien que le geste soit exécuté avec la main droite), c'est-à-dire vers la station du chemin de fer métropolitain. Comme Laura sait qu'il va ensuite lever la tête et porter les yeux sur la fenêtre où elle se trouve, tout en haut de l'escalier métallique — selon le déroulement déjà rapporté — elle fait un brusque pas en arrière, en même temps qu'elle se retourne d'un seul coup vers le long couloir.

Afin de faciliter sa tâche d'inspection, elle essaie d'abord de compter les portes qui s'ouvrent de chaque côté, symétriquement, l'une en face de l'autre. Elle opère avec calme et application. Du côté droit, il y a douze portes ; mais elle en trouve ensuite treize en comptant

du côté gauche. Comme les portes sont bien régulièrement disposées par paires, de part et d'autre du corridor,
il doit y en avoir le même nombre de chaque côté ;
c'est donc que le nombre de paires a augmenté d'une
unité entre le premier comptage et le second. Laura se
met en marche et commence la vérification des chambres
vides, une à une, en s'efforçant de retenir le numéro
d'ordre de la pièce visitée. Elle va vite à présent, quoique
toujours sans faire de bruit. Elle ouvre la porte de droite,
inspecte rapidement les parois nues, referme la porte
dont elle a conservé la poignée de porcelaine en main,
lâche la poignée, se retourne vers la porte de gauche
qu'elle ouvre aussitôt à son tour, inspecte à nouveau
les parois nues, referme la porte, s'avance de douze pas,
ouvre la porte de droite, inspecte le sol et les parois
nues, etc.

A la vingt-sixième chambre, elle s'arrête, et calcule
de tête qu'elle a déjà fait, en longueur, cent quarante-
quatre pas depuis la première. Le couloir qui continue
toujours, devant elle, paraît comporter encore autant
de portes au moins, sinon davantage. Oui, bien davantage, à la réflexion. Laura demeure ainsi sans bouger,
la tête droite et le corps marquant sa propre symétrie
bilatérale, exactement dans l'axe du couloir. Cela dure
un temps sans doute assez long. Puis, toujours immobile,
elle se met à crier : un long hurlement continu, parti
de très bas, qui s'enfle peu à peu jusqu'à un paroxysme
coupé net, dont elle écoute ensuite l'écho qui se répercute
d'un bout à l'autre de l'immense corridor.

D'un bout à l'autre du corridor, s'étend une bande

de tapis cloué, d'une blancheur éclatante, qui occupe environ le tiers du sol carrelé de blanc, entre les deux murailles blanches percées de portes laquées. Laura comprend alors pourquoi ses pas font si peu de bruit. Elle poursuit encore son chemin, sur l'épaisse moquette, jusqu'aux chambres suivantes. Elle avance la main vers une nouvelle poignée de porcelaine, mais s'interrompt dans son geste, les doigts déjà formés autour d'une sphère fictive à vingt centimètres de la sphère réelle.

Il y a du sang, une coulée de sang tout frais, rouge vif, épais, qui passe sous la porte, venant de l'intérieur. Cela forme une sorte de langue, large de deux doigts, dont l'extrémité légèrement renflée progresse sur le carrelage, assez lentement mais d'une façon régulière, en direction des chaussures de Laura. A ce moment, celle-ci s'aperçoit qu'elle est nu-pieds, contrairement à ce qu'elle aurait cru. Et voilà qu'une seconde coulée vermeille apparaît à côté de la première, passant de la même façon par l'interstice qui sépare le bois laqué blanc des carreaux de céramique. Puis, presque aussitôt, une troisième et quatrième langues de sang arrivent de sous la porte, encadrant les deux premières sur la droite et sur la gauche, mais plus rapides qu'elles, plus fluides, plus nourries, tandis que la plus ancienne est déjà maintenant sur le point d'atteindre le pied nu de Laura, posé sur le carrelage, juste à l'extérieur de la moquette que le talon touche à peine, arc de cercle tangent à la ligne droite qui en constitue le bord.

Laura recule son pied avec précaution. Mais la forme et la position en restent inscrites sur le sol en une

empreinte rouge, parfaitement dessinée, avec son échan-
crure plantaire et le bout des cinq doigts. Pourtant la
coulée de liquide visqueux, qui s'avançait vers le gros
orteil, en était encore à quelques centimètres. Ce pied
aurait donc, auparavant, déjà marché dans le sang ? Laura
relève les yeux : la poignée de porcelaine est rouge,
elle aussi, de même que l'intérieur de la main, qui
tourne avec lenteur sa paume vers le ciel, et s'immobilise.

Au bout du couloir, tout en bas, dans la rue, le faux
Ben Saïd laisse alors retomber son bras, qui désignait
aux deux personnages en uniforme la station de métro
(aucun des policiers n'a d'ailleurs regardé dans cette
direction), tandis que le vrai Ben Saïd roule toujours
pendant ce temps, dans son pardessus jaune en faux poil
de chameau, sur une voie express qui traverse Brooklyn,
avec la seule compagnie d'un adolescent blond, dont le
blouson en imitation de cuir noir porte un W brodé
sur la poche.

Le garçon s'est installé, assis d'une manière incon-
venante, les jambes largement écartées ne reposant que
par la pointe du talon sur le sol aux souillures diverses,
le corps avachi en arrière sur la banquette de bois qui
fait face à celle où Ben Saïd a pris place. Mais ce dernier
est du côté de la vitre, alors que le jeune voyou occupe
le bord extérieur de la banquette, ayant donc à côté de
lui, juste à portée de son bras gauche, la petite porte
de communication qui permet de passer dans la voiture
suivante, vers la tête du train. Afin d'attirer l'attention
de ce voyageur cossu qui semble perdu dans ses pensées,
W pose la main sur la poignée, derrière son épaule, fait

jouer le pène en manœuvrant à plusieurs reprises, de haut en bas, l'extrémité de la béquille, qui remonte d'elle-même à chaque fois pour reprendre sa place à l'horizontale, avec un claquement gras rappelant celui d'une culasse de fusil bien huilée. Ben Saïd donne des signes discrets d'agacement (une sorte de rictus nerveux, très atténué, qui vient périodiquement crisper la commissure des lèvres et la joue) ; il finit par lever les yeux du côté de la porte, mais il se contente d'un bref et furtif regard, d'ailleurs inutile car il était facile de deviner l'origine du bruit. Et il fixe ensuite à nouveau le tissu jaune du pardessus dont les pans recouvrent avec soin ses genoux.

Dans son dos, à l'autre extrémité du wagon, derrière la vitre de l'autre porte de communication — c'est-à-dire, en réalité, derrière deux vitres identiques et parallèles, séparées d'un mètre environ et appartenant aux deux portes correspondantes des deux voitures successives que relie une étroite passerelle de fer à claire-voie, munie de son garde-fou métallique (par-dessus lequel je pourrais très bien me pencher, au milieu de ma descente, afin d'apercevoir une fois de plus la foule massée dans la rue, tout en bas...) —, Laura qui surveille la scène et commence à s'impatienter, ne comprenant pas pourquoi les choses n'avancent pas plus vite, fait des signes à son complice, éloigné d'elle d'une quinzaine de mètres. Mais le jeune W, qui distingue mal les mouvements des mains de son chef et encore plus mal ceux du visage, n'arrive pas à en saisir le sens ; comme il craint d'éveiller les soupçons de Ben Saïd — bien que celui-ci tienne de nouveau les paupières obstinément baissées sur ses cuisses, très occupé par la lutte qu'il mène pour ne pas céder à son tic de la bouche — le gamin ne veut pas risquer la moindre communication, ne serait-ce que d'un œil, avec la jeune fille qui, supposant que l'on n'a même pas aperçu ses signaux, manifeste son mécontentement par des gestes de plus en plus nerveux, quoique toujours aussi difficiles à interpréter avec précision dans le sens d'une action quelconque, qu'elle ordonnerait ainsi d'accomplir.

A ce moment la rame de métro s'arrête dans une station déserte, et Laura voit le bourgeois en pardessus jaune qui se dresse d'un bond. Plus rapide encore, W a levé sa jambe gauche à l'horizontale, sans plier le genou, et a posé le talon sur le bord de la banquette opposée, ce qui barre la route à Ben Saïd. Les trois doubles portières coulissantes du wagon s'ouvrent alors avec ensemble, manœuvrées à distance par le conducteur placé en tête du train, grâce à un système de commandes automatiques vétuste et bruyant. Mais il n'y a personne sur le quai et personne non plus ne semble descendre des voitures, en tout cas de celles qui se trouvent à proximité immédiate. Ben Saïd, ayant essayé en vain de pousser la jambe du jeune voyou, se décide à employer une autre méthode, moins digne mais plus efficace : la franchir en passant par-dessus.

Il a eu à peine le temps d'esquisser le mouvement de pied nécessaire que le gamin, qui avait plongé la main dans une poche intérieure de son blouson, l'en a ressortie en tenant un objet que le voyageur peut aussitôt identifier comme étant un couteau fermé, avec d'autant plus de certitude d'ailleurs qu'il ne reste pas fermé longtemps : le garçon ayant fait jouer d'un doigt expert le mécanisme à ressort, une lame brillante, pointue, bien aiguisée, jaillit hors du manche en ivoire et s'immobilise, menaçante, en direction du manteau jaune, avec un déclic qui rappelle, en plus clair, celui que produisait quelques instants auparavant la serrure de la petite porte vitrée. « Crétin », dit Laura à voix basse, pour elle-même et à l'adresse, non de Ben Saïd mais du jeune W qui devait, selon le programme convenu, jouer d'un tout autre système de séduction pour convaincre son vis-à-vis de rester avec lui dans le wagon.

Ben Saïd hésite, regarde le couteau, la porte ouverte sur le quai demeuré vide, puis à la dérobée la tête du gamin afin de tenter le calcul de son degré de détermination, de sottise et de criminalité conjointes. Malheureusement le visage enfantin ne reflète pas le moindre sentiment, ni disposition d'esprit, ni pensée d'aucune sorte. Les doubles portes coulissantes grincent longuement puis claquent avec violence, en se refermant, et Ben Saïd n'a plus qu'à se rasseoir. Comme si aucune intention meurtrière ni volonté d'intimidation ne l'avait jamais effleuré, le garçon soulève avec nonchalance sa jambe gauche toujours tendue et repose le pied sur le sol, puis il commence à se curer les dents avec la pointe de son couteau, spectacle si difficile à supporter que Ben Saïd préfère regarder de nouveau les deux pans d'étoffe en fibres synthétiques qu'il replace avec soin sur ses genoux.

Avec le même soin et la même lenteur, W referme

son couteau et le remet en place dans la poche intérieure
de son blouson de cuir. Ensuite il pose la main gauche,
tout contre son épaule, sur la poignée en cuivre de la
petite porte de communication, manœuvre la béquille
et la laisse remonter d'elle-même ; le pène reprend sa
place avec un claquement de mousqueton qui fait sursauter Ben Saïd. Celui-ci se lève et, tout étonné par la
facilité soudaine de l'entreprise, atteint d'une enjambée
le couloir central pour se diriger vers l'arrière du wagon.
Il a juste le temps d'apercevoir, tout au bout, derrière
la vitre rectangulaire de la petite porte opposée, la silhouette mince et vive de Laura qui cesse aussitôt ses
gesticulations pour disparaître de côté, sur la passerelle
métallique où elle vient de s'aventurer pendant l'arrêt
de la rame à la station.

Le convoi, qui roule de nouveau à vive allure, dans
un tunnel en courbe, est agité à cet instant de si brusques
saccades que Ben Saïd doit se retenir aux barres verticales nickelées prévues pour cet usage. Il se voit même
bientôt contraint à s'asseoir, projeté par un cahot encore
plus violent sur une des banquettes, face à la marche
du train comme précédemment, mais cette fois au milieu
du wagon. Il se demande si la frêle adolescente, qui
s'apprêtait sans doute à changer de voiture, poursuivie
peut-être par un malade sexuel dont elle a déjà dû subir
les outrages préliminaires, si la frêle adolescente aux
sous-vêtements déchirés ne vient pas à présent d'être
précipitée sur la voie par une des secousses, qui doivent
être particulièrement sensibles sur l'étroite plate-forme
articulée séparant les wagons.

Le maniaque en question, surnommé de façon romantique « Vampire du Métropolitain » par les habitués de la ligne, est d'ailleurs bien connu de la police qui tient régulièrement à jour le fichier de ses crimes : il a déjà violé puis assassiné (ou, selon le cas, assassiné puis violé) douze petites filles entre treize et quatorze ans depuis le début de l'année scolaire, et toujours en employant des méthodes particulièrement horribles, dont les détails matériels figurent dans le rapport avec beaucoup d'objectivité, et un grand luxe de précisions. Il serait même tout à fait impossible à des enquêteurs normaux de reconstituer ainsi la suite des sévices subis par les victimes, étant donné le peu de choses qu'il reste en général de leur corps, si le rapport n'était rédigé par le criminel lui-même. Le procédé a été en effet jugé plus commode pour tout le monde, puisque de toute façon l'identité du personnage était parfaitement établie, avec ses noms, prénoms, surnoms, adresses diverses, professions avouées et emploi du temps.

S'il n'est pas arrêté depuis longtemps, livré à la justice et condamné à mort par électrocution, c'est qu'il fait partie du personnel régulier des services de renseignements municipaux : il est, en particulier, chef des indicateurs au sein d'une organisation terroriste, où il tient la chaire de criminologie sexuelle d'une sorte de cours du soir révolutionnaire. Ses proies favorites sont, pour cette raison, les filles des banquiers de Wall Street qui se font trop prier pour s'acquitter de leurs cotisations volontaires, réclamées chaque mois par le trésorier du groupe. Les statistiques concernant la mortalité accidentelle chez les fillettes de cet âge montrent qu'une telle tolérance dans le fonctionnement de la police urbaine est en définitive beaucoup moins meurtrière que les bains de mer, le camping dans les Adirondacks, les vacances en Europe, la nécessité de traverser plus de trois rues pour rentrer de l'école, et encore dix autres activités qu'il ne saurait être question d'interdire. Le seul point mystérieux de l'affaire reste la présence dans le métro à ces heures nocturnes d'enfants qui sont en principe très surveillés, et qui ont à leur disposition toutes les automobiles de luxe, avec ou sans chauffeur, qu'ils peuvent souhaiter pour leurs déplacements divers.

Ainsi la fillette blonde qui vient d'être exécutée était-elle la nièce et unique héritière d'un puissant personnage déjà mentionné précédemment : l'homme qui habite dans Park Avenue, entre les cinquante-sixième et cinquante-septième rues, un appartement truqué pour milliardaire d'avant-garde. J'ai déjà rapporté l'histoire, notamment, de la belle aventurière rousse qu'on lui avait envoyée d'abord comme appât, afin d'effectuer le recouvrement de son imposition par des méthodes plus humanitaires.

— Vous venez de dire que l'adolescente était passée sur la plate-forme métallique, entre les deux wagons, pendant l'arrêt du train à la station précédente. Elle n'était donc pas, au moment où Ben Saïd se lève, poursuivie par le maniaque sexuel dont visiblement vous inventez à l'instant l'existence...

— Si. Elle était poursuivie et même pire, comme je vais le raconter à présent. Mais le jeune blouson noir, désigné par la lettre W dans le rapport, ne pouvait s'en rendre compte. Il croyait que les gestes violents de l'adolescente, accomplis d'abord à l'intérieur du wagon suivant, contre la petite vitre, puis dans l'intervalle qui sépare les deux voitures, constituaient des indications qu'elle lui fournissait de loin pour l'accomplissement de son travail. Cependant, ces mouvements des bras et de la tête étaient si rapides et si confus qu'il n'arrivait pas à en déterminer la signification. Il s'agissait, en réalité, d'un mélange désordonné d'appels au secours et de la lutte désespérée contre l'agresseur. Le gamin n'a pas remarqué non plus, à cause de la distance et des deux parois vitrées successives, puis à cause de la très faible lumière qui règne dans le passage entre les wagons, que la jeune fille avait les vêtements déchirés et sanglants depuis la taille jusqu'aux genoux, et qu'elle avait aussi du sang frais répandu en abondance sur le cou et sur la main droite.

— Qu'était devenu l'autre garçon pendant ce temps ?

— Quel autre garçon ?

— Celui qui est désigné dans le rapport par la lettre M.

— M ne les accompagnait pas, ce soir-là. Il était resté à la maison pour regarder un programme éducatif sur l'Afrique Noire à la télévision.

— Vous dites que la victime criait. Pourtant ni Ben Saïd ni W n'ont entendu le moindre cri ou bruit de lutte.

— Non, bien sûr ! Le vacarme de ce vieux métro express est beaucoup trop fort, surtout dans les courbes. Mais toute cette partie se trouve enregistrée sur la bande magnétique écoutée par J. Robertson dans l'appartement de l'oncle, comme je l'ai déjà signalé.

— Cette bande, si mes souvenirs sont bons, ne comportait aucun vacarme de roues ni de ferrailles grinçantes, seulement les bruits de lutte — étoffes déchirées, respiration haletante, gémissements — et le grand cri final quand la victime a été précipitée sur la voie, le pied gauche attaché à une corde fixée au garde-fou de la passerelle.

— C'est sans doute que cette bande a été filtrée. Ou bien qu'il s'agit d'un support magnétique spécial qui n'enregistre pas les sons produits par des métaux.

— Vous avez mentionné la première fois, entre la lutte et le cri final, des gémissements d'une tout autre nature, que vous laissiez supposer, avec complaisance, relevant du plaisir. Comment une fille aussi jeune pouvait-elle participer de cette manière à un viol spécialement cruel et à des blessures au couteau ?

— Il ne s'agissait pas des soupirs de la victime, évidemment, mais de ceux de l'assassin. Et s'il faut encore de toute cette histoire une preuve supplémentaire, il y a comme d'habitude les indices et pièces à conviction recueillis, à la fin de la nuit, par les employés des transports en commun : les larges taches de sang sur le sol et les parois latérales du wagon, les menus fragments souillés, retrouvés sous une banquette, de la robe noire et du slip blanc de l'écolière, enfin la fine corde de chanvre, dont l'origine est certainement la même (un des trois torons qui la composent est sensiblement plus épais que les deux autres par suite d'un défaut systéma-

133

tique de fabrication) que celles dont s'est toujours servi le personnage pour attacher ses victimes de diverses manières, avant, pendant, ou après l'opération.

Quant à l'assassin, il n'est autre que M en personne, bien entendu, comme son initiale l'indique. Il a seulement mis sur son vrai visage un masque d'adolescent. Laura s'en était tout de suite doutée, heureusement pour elle, alertée par la voix trop bien posée du prétendu gamin, ce qui lui avait permis de remarquer le bord mal collé de la pellicule plastique, sous l'oreille droite. C'est pour examiner de plus près ce détail qu'elle a fait semblant d'embrasser le garçon, comme il a été dit. Et, pour se moquer de lui, elle a murmuré un peu plus tard, en s'enfuyant : « N'oublie pas de mettre le feu, Marc-Antoine ! ».

Celui-ci se trouve donc à présent derrière la vitre rectangulaire, à l'extrémité du wagon dont il ne parvient pas à ouvrir la petite porte, puisque Laura a pris soin d'enlever la béquille intérieure avant de se réfugier sur la plate-forme de communication. Il est, à la fin, se dit-elle, trop violent et trop stupide. Il a bien failli, cette fois, la blesser sérieusement. Elle regarde, en la tournant sous toutes ses faces, sa main droite pleine de sang : la lumière est suffisante pour voir que la blessure est sans gravité. Puis elle risque un second coup d'œil dans l'autre wagon : l'homme au manteau jaune s'est assis de nouveau, à présent ; il observe W qui vient de se lever à son tour et se dirige vers lui, non pas de l'air déterminé du mauvais garçon qui veut impressionner un bourgeois craintif, ou de celui qui

134

retrouve par hasard une vieille connaissance, ou simplement du voyageur solitaire qui aurait décidé de rejoindre son unique compagnon de route, mais au contraire avec toutes sortes d'arrêts, de détours et de crochets d'un bord à l'autre de la voiture, comme attiré par les grandes glaces derrière lesquelles défilent, à une vitesse d'autant plus grande par moment qu'elles sont plus proches, les murailles voûtées du souterrain, surfaces noirâtres où les lumières du convoi font au passage sortir de l'ombre les décrochements soudains, les niches aménagées de place en place pour de problématiques piétons, les signes et chiffres dépourvus de sens apparent qui figurent là sans doute à l'usage exclusif des conducteurs, ou des conjurés, les trois câbles sans fin qui courent en feston à un mètre du sol. Quelquefois le gamin, pris d'une brusque envolée comme si un intérêt subit l'appelait ailleurs, abandonne tout à coup sa déambulation hésitante et son regard vague pour se précipiter un peu plus loin, c'est-à-dire un peu plus près de Ben Saïd. Mais ce n'est peut-être là que l'effet d'une embardée imprévue du wagon, qui lui a fait mal calculer son équilibre.

Le train, pendant ce temps, a traversé sans ralentir plusieurs stations secondaires où quelques rares voyageurs affalés sur les bancs dorment en attendant le passage d'une rame omnibus. Il freine maintenant dans une gare plus importante, bien qu'aussi peu fréquentée. Ben Saïd, qui a reconnu le nom de l'arrêt « Johnson-Junction », se lève vivement pour descendre et vient se placer devant la porte centrale en attendant l'immobilisation complète

135

du convoi et l'ouverture automatique des issues. Le jeune voyou se trouve alors très près de lui, et s'en rapproche encore pour se tenir lui-même à proximité immédiate de la sortie ; mais il tourne le dos, de côté, comme pour inspecter le système coulissant de la porte à glissières, sans paraître s'occuper de son voisin.

Chose bizarre, une fois le convoi stoppé, voilà que les portes du wagon restent closes, alors que le bruit caractéristique du fonctionnement normal s'est fait entendre d'un bout à l'autre du train, et que déjà les voyageurs descendus des voitures voisines passent sur le quai, devant Ben Saïd. Celui-ci essaie en vain d'écarter les poignées de cuivre. Puis il court aux deux autres portes, successivement, sans plus de succès : toutes les trois sont bloquées hermétiquement. Sur le quai, derrière la portière de tête, il y a un homme en blouse blanche qui voudrait monter et tente, lui aussi, de manœuvrer les poignées extérieures. Il échange avec Ben Saïd des gestes d'impuissance ; ensuite il dit quelque chose — cinq ou six mots peut-être — mais rien ne passe à travers l'épaisse vitre, et en même temps l'homme désigne d'un doigt impératif la portière centrale, où le gamin ne montre pour sa part aucune impatience. Avant que Ben Saïd ait pu saisir le sens de ses conseils techniques, le voyageur en blouse blanche et à cheveux gris abandonne la partie avec un haussement d'épaules et s'élance vers la voiture qui précède, dont les portes sont normalement ouvertes. Il a juste le temps de monter et, aussitôt, le claquement sec de la fermeture automatique résonne dans toute la station, tandis que le convoi s'ébranle.

Ben Saïd regarde à nouveau ce que semblait désigner l'inconnu en blouse d'infirmier ; il aperçoit alors W qui retire posément la lame de son couteau dont il avait introduit la pointe, par une fente, dans la boîte de sécurité placée en haut et à gauche de la portière centrale. C'est lui qui devait ainsi bloquer le mécanisme dans tout le wagon, en tenant avec précaution le manche de son arme par la garniture en ivoire, pour ne pas se faire électrocuter.

Ben Saïd se sent très fatigué tout à coup. Il retourne à la place qu'il occupait au début de la scène, en tête de la voiture. Le gamin vient, lui aussi, se rasseoir sur la banquette en face, du côté de la petite porte de communication dont il se remet à manœuvrer près de son épaule la béquille en cuivre jaune, comme d'un geste machinal, en la laissant remonter d'elle-même après chaque nouvelle pression.

Laura, qui désespère de voir enfin progresser la situation, puisque son maladroit complice affecte de ne même pas voir les signaux d'impatience qu'elle lui adresse depuis un quart d'heure, ou encore beaucoup plus, se décide à intervenir. Elle pose la main sur la poignée en cuivre de la porte... mais, juste à cet instant, elle aperçoit, derrière la vitre rectangulaire qui fait pendant à celle-ci à l'autre extrémité du wagon, le visage très pâle d'un homme aux cheveux gris, vêtu d'une blouse blanche éclatante, qui se tient immobile d'une façon identique sur l'autre passerelle de communication. Il semble avoir une soixantaine d'années ; il considère avec une attention de chirurgien la main du jeune garçon posée, à quelques centimètres de lui, sur la béquille intérieure. W ne peut se douter que quelqu'un l'épie dans la pénombre, juste derrière son dos. Quant à Ben Saïd, il conserve les yeux définitivement baissés sur ses genoux.

Le narrateur, lui, a aussitôt identifié le nouveau personnage qui vient ainsi de faire irruption dans la scène, et dont la figure blême, les traits fatigués, les lèvres minces, le regard à la fois aigu et usé par la veille derrière les lunettes à fine monture d'acier, se collent maintenant davantage à la petite vitre rectangulaire, ce qui permet en outre de distinguer les cinq ou six taches d'un brun écarlate, grosses comme des pois, qui maculent avec netteté le revers de la blouse, comme étant le docteur Morgan, lequel regagne son officine souterraine de la quarante-deuxième rue après avoir pratiqué la piqûre dont il a été question. Mais Ben Saïd ne peut le reconnaître, puisqu'il ne le voit pas, conservant les yeux définitivement baissés sur ses genoux, définitivement baissés sur ses genoux, définitivement ... toute la carcasse métallique du convoi se met à grincer de plus belle, définitivement baissés sur ses...

Reprise. Laura considère sa main tachée de rouge. La lumière qui provient des deux wagons contigus est suffisante, sur l'étroite plate-forme, pour voir que la blessure est sans gravité. Elle vient donc, une fois de plus, d'échapper à ses poursuivants. Elle a, ce soir encore, déjoué leurs déguisements et leurs ruses. Elle porte la main à la poignée de porcelaine mais s'arrête dans son geste... Il y a du sang, une coulée de sang tout frais, rouge vif, épais, qui passe sous la porte blanche, venant de l'intérieur de la chambre. Cela forme une sorte de langue, large de deux doigts, dont l'extrémité légèrement renflée progresse sur le carrelage, assez lentement mais d'une façon régulière, en direction des pieds nus de Laura.

Prenant une décision soudaine, la jeune femme achève son geste interrompu et ouvre la porte en grand d'un seul coup, d'une poussée violente qui fait vibrer tout le battant, en fin de course, longuement. Sa main blanche demeure suspendue en l'air, dans l'embrasure béante, tant son émotion est vive devant le spectacle qui s'offre à ses yeux agrandis.

A l'intérieur du wagon, rien n'a changé : Ben Saïd a toujours les yeux au sol, tandis que W continue son manège, abaissant et lâchant la béquille de cuivre d'une façon régulière, mécanique, qui martèle le silence d'un battement trop fort et trop lent de métronome démesuré. Pour des raisons qui n'ont pas encore été expliquées aux voyageurs — panne de courant, sabotage, signal lumineux bloqué par des terroristes, incendie dans la cabine de pilotage, cadavre d'adolescente gisant en travers de la voie — la rame est immobilisée dans un tunnel, entre deux stations, depuis un temps qu'il serait difficile de préciser. Laura, qui se trouve toujours sur la plate-forme séparant les deux voitures, écoute, l'oreille tendue, si quelque événement va se déclencher : crépitement des flammes, rafales de mitraillettes, sirènes d'alarme, clameur de la révolution, ou bien le sourd roulement né dans le lointain et s'amplifiant de plus en plus vite, jusqu'au fracas tout proche, du convoi suivant lancé à plein régime, puisque la voie est libre d'après les feux de signalisation détraqués, et qui fonce sur l'obstacle, invisible jusqu'au dernier moment à cause de la courbure du tunnel, et qui va donc dans quelques secondes entrer en collision avec la rame paralysée, dans une énorme explosion de machines volant en éclats, de wagons montant les uns sur les autres, de femmes hurlantes, de glaces pulvérisées, de ferrailles tordues, de banquettes arrachées et projetées dans tous les sens.

Mais sur le ballast, auprès d'elle, incertain quoique très présent, presque à portée de main sans doute, la fillette aux aguets perçoit seulement un crissement menu, un souffle court et à peine audible... Une forme obscure, oblongue, ramassée, trottine le long du rail qui luit faiblement dans la pénombre. La chose parvient bientôt dans l'espace plus clair et plus dégagé, entre les deux voitures, et Laura, glacé d'horreur, reconnaît un rat gris d'assez forte taille, qui, s'étant arrêté pour la regarder de ses minuscules yeux noirs, lève vers elle un museau plus pâle aux dents acérées qui semble vouloir humer, à petites bouffées rapides, répétées, un peu sifflantes, l'odeur de la chair fraîche qu'il choisit à l'avance, en attendant la catastrophe imminente dont il a capté les ondes annonciatrices.

Pour s'arracher à la fascination qui risque de lui faire enjamber le garde-fou, si l'arrêt se prolonge, la jeune femme se cramponne à la poignée de porcelaine, qui tourne d'elle-même dans sa main, et elle ouvre la porte en grand d'un seul coup : le rat est là, qui trottine sur le carrelage blanc de la chambre où ses griffes produisent

140

un crissement désagréable, autour du corps sanglant de la fille assassinée. Elle ne s'était donc pas trompée quand elle avait cru sentir la présence d'un rat tout près d'elle, la nuit où on l'avait enfermée sans lumière dans la bibliothèque vide du rez-de-chaussée, la nuit dernière probablement.

Elle avait eu si peur qu'elle s'était réfugiée tout en haut des rayonnages sans livres, grimpant d'un seul élan de degré en degré, ce qui lui avait permis de découvrir en tâtonnant dans le noir, sur la dernière étagère, le roman policier à la couverture déchirée qu'elle avait ensuite, pour le lire plus tard en cachette, rangé avec soin sous une lame mobile du plancher de sa chambre, dans cette cavité secrète où le volume bariolé était allé rejoindre la boîte d'allumettes dérobée dans la poche de son gardien, un soir qu'il avait pénétré chez elle pour la violer et s'était ensuite endormi de fatigue, épuisé par une longue journée de filatures harassantes à travers toute la ville, et aussi la paire de ciseaux pointus rapportée par lui en cadeau d'une de ses expéditions nocturnes, pour faire des découpages, et qu'elle prétendait avoir perdue, l'aiguille à tricoter en acier poli trouvée dans la fente d'un tiroir de commode, extraite non sans mal puis longuement aiguisée sur les dalles du couloir, enfin les trois éclats de verre recourbés en forme de poignard arabe, encore tachés de son propre sang depuis le jour où elle s'était coupé la main profondément en les détachant du carreau brisé, à la porte-fenêtre qui donne sur l'escalier de fer, au dernier étage de sa prison.

Ainsi cette prison comporte-t-elle des rats, comme

toutes les prisons, ce qui explique les menus grattements, courses ou dégringolades que l'on entend parfois dans les régions inhabitées de la grande bâtisse. Et la prisonnière ne s'était pas trompée non plus lorsqu'elle avait cru percevoir, tout à l'heure, des bruits plus violents et des longs hurlements de douleur, provenant de cette chambre. La fin du sacrifice, en effet, ne doit dater que de quelques minutes : le corps semble encore chaud sous la lumière crue des projecteurs restés allumés ; au milieu des cheveux blonds répandus en désordre, le visage de poupée aux yeux bleus entrouverts et aux lèvres disjointes a gardé sa couleur de porcelaine rose. Et ce visage, sans aucun doute possible, est celui de Claudia, la jeune compagne d'un jour qui a passé l'après-midi à la maison, qui a pris le thé en compagnie de Laura et qui a joué avec elle à découper des masques dans du papier noir.

Après avoir flairé le sang encore liquide, dont plusieurs ruisselets de longueurs inégales ont coulé sur le carrelage, et fureté de droite et de gauche aux alentours, le rat maintenant s'enhardit : il se hisse sur son train de derrière et promène en hésitant les pattes antérieures et le museau sur le corps de la suppliciée, qui gît sur le dos dans une pose amollie, abandonnée, ses charmes offerts plus que dissimulés par les lambeaux lacérés et rougis de la longue chemise blanche. La bête, qui semble attirée surtout par les blessures des sept poignards enfoncés dans les chairs tendres, en haut des cuisses et au bas du ventre, tout autour de la toison poisseuse, la bête velue est si grosse que, tout en conservant appui sur le sol, elle parvient ainsi à explorer la fragile peau déchirée, depuis l'aine jusqu'aux environs du nombril où la chair nue apparaît à nouveau, encore intacte à cet endroit, dans un large accroc effiloché du léger tissu de lin. C'est là que le rat se décide à mordre et commence à dévorer le ventre.

On dirait qu'un frisson a parcouru le corps de la victime, peut-être encore vivante, et que sa bouche s'est ouverte un peu plus. Pour tenter de se soustraire à ce cauchemar, Laura fouille à tâtons dans l'étroite poche de sa robe, sans pouvoir quitter des yeux le spectacle. Elle en extrait non sans mal une petite capsule pharmaceutique qu'elle avale sans hésiter.

Reprise. Laura ne comprend pas pourquoi... Les longues cuisses dénudées, dont l'une est à demi fléchie à l'aine et au genou... Non !... Les chevilles sont maintenues largement écartées par des cordes de chanvre, qui les enserrent chacune de plusieurs tours et les relient séparément aux lourds pieds en fonte de deux projecteurs ; mais une des cordes est mal tendue, du côté où la jambe est légèrement repliée. Non !... Sous la lumière vive des deux autres projecteurs, une autre déchirure de la chemise, qui va de l'encolure jusqu'à l'aisselle, expose aux regards un cou très allongé, l'épaule arrondie et lisse, et la plus grande partie d'un sein très plein dont l'aréole semble fardée de sépia. Une corde entoure aussi le bras, de trois spires qui pénètrent profondément dans les chairs et ramènent de force le coude en arrière, sans doute vers l'autre coude ; mais celui-ci n'est pas visible, non plus que les poignets et les mains, cachées derrière le dos, probablement liées ensemble et fixées au sol par

143

quelque système. On comprend que la manière dont la fille est attachée lui a permis de se tordre et de se débattre, mais dans des limites calculées, seulement pour le plaisir. Par terre, à trente centimètres environ de l'épaule nue, il y a une cigarette à moitié consumée dont la fumée s'élève doucement, dans l'air calme, en une fine... Cette fois le corps a bougé, sans aucun doute : la tête a roulé de côté, le genou fléchi s'est fermé davantage, ce qui a raidi la corde. Le rat... Non ! Non ! Reprise.

Laura ne comprend pas pourquoi le convoi vient ainsi de s'immobiliser, au beau milieu d'un tunnel, dans un long bruit de freins crissants et de ferrailles entrechoquées. Dans le soudain silence, elle regarde à droite et à gauche vers les deux petites portes de communication. Mais il n'y a qu'une issue possible, puisque dans la voiture qu'elle vient de quitter le vampire du métropolitain est toujours là, derrière la vitre, à essayer de faire jouer la serrure pour rattraper sa proie, heureusement en vain.

Elle vient donc, une fois de plus, d'échapper à ses poursuivants. Elle a, ce soir encore, déjoué leurs déguisements et leurs ruses. Elle porte la main gauche à la poignée de cuivre qui va lui donner accès à l'autre wagon, mais elle s'arrête aussitôt dans son geste : tout au bout de la voiture, derrière la vitre symétrique, le docteur Morgan, le sinistre chirurgien criminel, vient de faire son apparition, avec ce visage immobile et blanchâtre qu'on lui voit toujours dans les journaux, mais qui doit être un masque. Ses lèvres minces, ses traits fatigués, son regard à la fois aigu et usé par la veille derrière les lunettes à monture d'acier sont là, bien reconnaissables, collés contre la vitre, à guetter la victime désignée par l'ordre du jour, autour de qui le réseau se resserre...

Cette seconde issue coupée à son tour, Laura lâche la poignée de la porte et s'apprête à enjamber le garde-fou métallique, pour s'enfuir à pied en suivant les voies, profitant de ce que le train se trouve par miracle encore arrêté. Comme elle cherche des yeux, dans la pénombre du ballast, le meilleur emplacement pour sauter, elle rencontre alors le regard noir et brillant d'un gros rat immobile, menaçant, une de ces innombrables bêtes répugnantes et dangereuses dont sont infestées les galeries, ce qui est normal puisque celles-ci communiquent avec les égouts. L'animal sorti des profondeurs semble l'attendre pour la dévorer vivante, ou en tout cas l'estropier, la défigurer, lui donner la peste, le choléra, le typhus exanthématique...

D'un mouvement instinctif, Laura lance au visage de la bête la béquille en cuivre jaune qu'elle avait gardée dans sa main droite, après l'avoir dégoupillée et arrachée à la serrure de l'autre porte, en se sauvant. Elle vient d'oublier, dans son affolement, qu'elle avait décidé de la conserver comme arme pour frapper son agresseur, si elle était rejointe, avec quelque chose de plus blessant que ses tendres poings. Le geste était d'ailleurs tout à fait inutile : le rat a fait un bond en l'air sur ses quatre pattes pour éviter le projectile, dirigé maladroitement, et il est retombé en place sans avoir été touché, crachant à présent son haleine empoisonnée vers l'ennemi désormais sans défense, pour bien lui faire comprendre sa propre détermination. L'adolescente voit dans un éclair

145

que le filet s'est maintenant refermé sur elle. Elle regarde avec désespoir le morceau de métal solide et pointu qu'elle vient ainsi de jeter stupidement, alors qu'elle espérait même, quelques secondes auparavant, le rapporter jusqu'à sa chambre pour le cacher avec ses autres armes sous la lame truquée du plancher.

Laura n'a guère le loisir de s'interroger sur les éventuels moyens restant encore à sa disposition, ni sur le sort qui l'attend en cas d'échec. Avant qu'elle ait pu découvrir le moindre bout de fer à détacher de l'ensemble articulé constituant l'étroite plate-forme et sa rambarde, les deux petites portes se sont ouvertes en même temps et deux hommes se saisissent d'elle, chacun s'emparant avec vigueur et précision d'un de ses poignets, le docteur Morgan du côté gauche, dont la silhouette pourtant massive a traversé tout le wagon sans qu'elle ait rien vu ni entendu, et M le vampire de l'autre côté, qui a enfin réussi à manœuvrer le pène de la serrure à l'aide d'une paire de ciseaux pointus qui se trouvait ce soir (par hasard ?) dans sa poche, comme il a déjà été dit.

La force tranquille des deux hommes, qui la tiennent ainsi dans un double étau, rend toute résistance vaine, ce qui a quelque chose de reposant, pour le corps comme pour l'esprit, d'agréable même, en un sens. En moins de temps qu'il ne faut pour l'écrire (pense Ben Saïd qui, sans quitter sa place, s'est retourné à moitié pour assister à la scène) la fillette se voit entraînée jusqu'au milieu du wagon, dont W au même instant a ouvert la portière centrale en introduisant avec adresse la lame de son couteau dans la boîte de sécurité (qu'il a expérimentée à la station précédente, en modifiant son fonctionnement normal selon ses décisions personnelles), et on l'oblige à descendre sur la voie, toujours encadrée par ses deux gardiens qui la serrent si fort qu'elle ne sent déjà plus ses mains. Ils n'ont que cinq ou six pas à faire, sur le sentier exigu qui longe le ballast, avant de disparaître tous les trois dans une niche de la paroi dont l'ouverture rectangulaire à peine voûtée ressemble aux abris ordinaires situés de place en place le long des souterrains.

A ce moment précis la porte du wagon s'est refermée, et le convoi a aussitôt repris sa marche, interrompue par les conjurés pour cette petite opération sans que les machinistes se soient douté de rien. Quittant son poste de commande, W dit « Et hop ! », et il regagne sa banquette au bout de la voiture, tout en se passant les paumes l'une contre l'autre, à deux ou trois reprises. Parvenu à la hauteur du faux Ben Saïd, il donne sur l'épaule du manteau à longs poils une grande tape de connivence, qui fait sursauter son propriétaire. Puis W s'assoit en face de lui, s'exclamant à l'adresse du prétendu petit-bourgeois homosexuel dont il n'y a plus lieu, maintenant, de dissimuler la complicité à qui que ce soit : « Alors, ça pond ? ».

Ben Saïd qui est en train de relater la scène avec un soin laborieux sur le carnet à couverture de molesquine usée, tiré de la poche du pardessus jaune dès l'instant de l'arrestation, pour ne pas perdre de temps, émet un acquiescement indistinct et continue à couvrir sa page quadrillée, avec lenteur mais sans rature, de minuscules caractères appliqués dont les ballottements du métro troublent à peine l'ordonnance régulière.

W dit encore : « On l'a bien eue, la môme ! » Ben Saïd approuve de nouveau par le même grognement et poursuit sa rédaction. Il en est au moment où Laura, toujours fermement tenue par les deux colosses qui lui tordent un peu les bras en arrière afin de lui enlever toute envie de rébellion, se trouve poussée de force, devant eux, dans ce couloir dont l'entrée ressemble aux refuges pour cheminots, mais qui donne accès, après un long passage totalement obscur et plusieurs fois coudé, à une salle cubique, pauvrement éclairée par une ampoule nue qui pend au bout de son fil. Le sol, les quatre murs et le plafond sont revêtus de cette même céramique autrefois blanche que l'on retrouve partout dans les stations et accès de correspondance et qui est, ici, dans un état de conservation un peu meilleur. Pour tout mobilier, il y a une table en bois blanc et deux chaises assorties, vieilles et sales, comme on n'en trouve plus que dans les cuisines minables des Etats du Sud, reconstituées pour la télévision.

Dès leur arrivée, M a fermé l'entrée sur le couloir en repoussant une lourde grille de fer, puis en donnant un tour de clef à la serrure (la clef se trouvait sur la serrure mais il la place ensuite dans sa poche), tandis que Morgan s'assoit à la table dont il ouvre le tiroir, pour en tirer un dossier de carton rouge qu'il étale devant lui. Une feuille blanche et un stylo en or à plume rentrante, dont il manœuvre avec précaution le mécanisme comme s'il s'agissait d'une seringue à injection, complè-

148

tent ses accessoires. M va s'asseoir sur l'autre chaise, qui est un peu plus loin contre une paroi. La petite fille, qu'ils ont lâchée en entrant, aussitôt que la grille de fer a été close, a couru se réfugier dans un angle, le plus loin possible de ses deux ravisseurs ; là, elle s'accroupit, se rencogne autant qu'elle peut comme si elle espérait rentrer dans les murs, et se blottit sur elle-même en tenant ses genoux repliés dans ses bras. Elle a tout de suite vu qu'il n'y a pas de divan pour la violer, ce qui l'inquiète encore davantage. Il y a seulement dans la pièce, en dehors de la table et des chaises, une cage de fer du genre cage à fauve, cubique, d'un mètre cinquante de côté environ, dont les barreaux espacés d'une dizaine de centimètres sont identiques à ceux de la porte du couloir, c'est-à-dire que même un enfant ne peut se glisser entre eux.

Le docteur Morgan, qui a terminé ses préparatifs, émet une sorte de sifflement, assez faible, continu, à peine modulé. A cet instant, un gros rat gris — le même que tout à l'heure, peut-être — sort des ténèbres en trottinant et s'avance jusqu'à la grille, passant seulement la tête dans la pièce, entre deux barres verticales. Personne ne bouge, mais Laura garde les yeux fixés sur la bête, tandis que les deux hommes semblent n'y prêter aucune attention.

Une nouvelle respiration sifflante du docteur, sur un rythme un peu plus vif, et le rat saute par-dessus la barre horizontale inférieure pour faire son entrée ; il continue ainsi à pas menus, en direction de Laura, jusqu'au milieu de la salle, puis demeure en arrêt, le sifflement ayant pris fin. Visiblement, il obéit au chirurgien, qui épie les réactions de la jeune prisonnière en plissant ses yeux fatigués derrière ses lunettes aux verres en amandes, et qui va d'une seconde à l'autre donner l'ordre à l'animal de se précipiter sur elle. Laura déjà calcule son élan pour bondir, mais une série de sons plus graves, et sur une cadence plus lente, changent les consignes du rat, lui font battre en retraite et disparaître comme il est venu par la grille du couloir. Morgan ôte ses lunettes de la main gauche et, avec l'index replié de la droite, il se frotte les deux yeux, très longuement, l'un après l'autre. Puis il place les lunettes dans la poche extérieure gauche de sa blouse, sur la poitrine, extrait de la poche extérieure droite une seconde paire qui, vue de loin, paraît absolument semblable à la première, ouvre le dossier rouge, et, tout en affectant d'y consulter diverses pièces, s'adresse à sa captive sans prendre la peine de la regarder.

« Donc, dit-il lentement d'une voix lasse, tu as compris. Si tu ne réponds pas correctement à l'interrogatoire, tu seras mangée toute vive par ce rat et quelques autres de ses frères, à petites bouchées, en commençant par les régions les plus tendres et ne risquant pas d'amener une mort prématurée. Cela durera naturellement plusieurs heures. Si au contraire tu réponds bien à toutes les questions, on se contentera de t'attacher en travers de la voie, juste avant le passage d'une rame express, et de cette façon tu n'auras pas le temps de souffrir. Tu as le choix. »

Puis, après un silence, coupé seulement çà et là par le bruit des feuilles qu'il compulse, il reprend :

« Voyons, tu t'appelles Laura Goldstücker, tu es la fille d'Emmanuel Goldstücker qui a...

— Non, pas la fille : la nièce, dit Laura.

— La fille, dit Morgan, c'est écrit à la première page du dossier. Ne commence pas à jouer sur les mots.

— La nièce, dit Laura. Mon père a été tué au Cambodge, pendant la guerre de trente jours. Ça doit figurer quelque part dans le rapport. »

Morgan, qui semble contrarié, s'est penché sur sa table et a consulté différents documents, dactylographiés ou manuscrits. Il finit par redresser le buste en tenant d'une main un rectangle de papier jaune très épais, une sorte de formulaire, qu'il agite devant lui comme un avocat d'assises : « Voilà ! clame-t-il. Ton oncle t'a adoptée l'année suivante.

— Non, dit Laura, j'ai refusé.

— Tu avais cinq ans, dit le docteur, comment aurais-tu refusé ? C'est impossible et tu nous embêtes. Si on se lance dans ce genre d'histoires, on n'en finira jamais. Donc je répète : tu es la fille (adoptive) d'Emmanuel Goldstücker, dit M. A. G., président de la Johnson Limited, qui a deux mois de retard dans ses cotisations. Tu as, pour cette raison, été condamnée à mort ce matin même.

— Bon, dit Laura, c'est une rançon que vous voulez ? Combien ?

— Tu me comprends mal : je dis que tu as été condamnée à mort. Ce genre de sentence est sans appel. Demain, on enverra un petit souvenir de toi à ton oncle-père et notre encaisseur passera le soir même à son domicile. S'il ne paie pas sur-le-champ, cette fois, on exécutera sa jolie putain rousse, Joan Robeson, mais dans des tortures beaucoup plus compliquées et cruelles dont Ben Saïd, notre greffier, est en train à l'heure qu'il est de rédiger la longue liste, pour la joindre au commandement d'huissier. Si ça ne décide pas M. A. G., cette pièce servira en tout cas le lendemain pour le supplice.

— Quoi ! s'écrie Laura au comble de la fureur. On a donc commencé par moi pour tenir cette pouffiasse en réserve ! C'est bien ce que je pensais : le vieux débile tient plus à elle qu'à moi. J'aurai seulement servi à lui faire mesurer le sérieux de vos menaces concernant sa précieuse poupée... Mais ça ne va pas se passer comme ça !

— Si, dit le chirurgien. Selon le rapport, ça va bel et bien se passer comme ça. D'ailleurs, s'il est probable en effet que le vieux Goldstücker tient plus à sa jeune maîtresse qu'à une enfant dans ton genre, dont il n'a jamais retiré que des ennuis, ce n'est pourtant pas le seul motif qui nous fait agir dans cet ordre. Joan, comme il a été dit, appartient à notre organisation ; nous ne voulons donc la sacrifier qu'en dernier ressort, après avoir vraiment tout essayé pour récupérer l'argent.

— Mais, dit Laura, si elle appartient à vos services, elle ne risque en réalité rien du tout.

— Au contraire, dit le chirurgien, réfléchis une minute : si nous avons l'air de la ménager, Goldstücker va se douter de quelque chose ; or il ne faut pour rien au monde qu'il découvre le rôle qu'elle joue auprès de lui depuis bientôt six mois. Elle devra donc, dans le

152

cas envisagé, subir le sort atroce que Ben Saïd lui pré-
pare. Comme il est secrètement amoureux d'elle, le
programme sera sans doute assez intéressant.

— Mais quelle preuve y aura-t-il ?

— Il y aura le rapport. Tu oublies que tout y est
consigné avec exactitude et qu'on ne transige pas avec
la vérité.

— Ça vous fait bien des morts sur la conscience, tout
ça, dit Laura sans grand espoir de convaincre son bour-
reau par des arguments aussi plats.

— Le crime est indispensable à la révolution, récite
le docteur. Le viol, l'assassinat, l'incendie sont les trois
actes métaphoriques qui libéreront les nègres, les pro-
létaires en loques et les travailleurs intellectuels de leur
esclavage, en même temps que la bourgeoisie de ses com-
plexes sexuels.

— La bourgeoisie aussi sera libérée ?

— Naturellement. Et en évitant tout massacre de
masses, si bien que le nombre des morts (qui appartien-
dront d'ailleurs pour la plupart au sexe féminin, toujours excédentaire), le nombre des morts paraîtra bien
faible en regard de l'œuvre accomplie.

— Mais pourquoi les tortures ?

— Pour quatre raisons principales. D'abord, c'est
plus convaincant pour obtenir de grosses sommes des
banquiers humanistes. Ensuite, il faut des martyres à
la société future. Qu'aurait fait le christianisme sans
sainte Agathe ou sainte Blandine et les jolies gravures
représentant leurs tourments ? Troisièmement, il y a les
films, dont nous tirons aussi des revenus importants,

153

sans commune mesure avec les investissements en projecteurs à quartz, caméras, pellicule couleur et appareils d'enregistrement sonore. Les télévisions étrangères paient très cher les bonnes mises en scène... Pense un peu que si tu es livrée aux rats, comme le prévoit le jugement, et que la prise de vue est correcte d'un bout à l'autre, avec des cadrages de détails et gros plans expressifs du visage, nous avons un acheteur allemand à deux cent mille dollars ! Pour obtenir leur accord définitif, nous avons dû fournir au préalable un scénario complet ainsi que douze photographies de toi, dont six toute nue sous différents angles, qui ont nécessité l'installation clandestine de plusieurs appareils automatiques dans ta salle de bains.

— C'est pour un programme érotique ?

— Non, pas forcément. Il y aussi la série des « Crimes individuels éducatifs » qui essaie d'opérer une catharsis générale des désirs inavoués de la société contemporaine. Tu comprends le mot « catharsis » ?

— Naturellement ! Vous me prenez pour une idiote ?

— Excuse-moi... Et puis il y a encore les films dont les bobines sont mises en réserve pour plus tard, par des spéculateurs qui jouent à la hausse sur le sens de l'histoire. Tu imagines la valeur qu'auraient, pour n'importe quelle université préparant le doctorat de sciences historiques, des enregistrements optico-magnétiques sur l'exécution de Robespierre, de Jeanne d'Arc, ou seulement d'Abraham Lincoln, pourtant beaucoup moins spectaculaires que la plupart de nos réalisations. »

Laura, qui avait en effet remarqué les appareils photo-

graphiques mal dissimulés dans les murs de ses appartements privés, surtout dans la chambre à coucher, les
toilettes et la salle de bains, mais qui croyait alors avoir
affaire à un simple voyeur, son oncle par exemple, s'était
ingéniée pendant huit jours à prendre en face des objec-
tifs les mines et postures les plus suggestives. Elle regrette
bien, à présent, d'avoir été si complaisante. On a toujours
tort de vouloir rendre service aux gens sans les faire
payer. Elle dit, pour gagner encore un peu de temps :

« Vous aviez parlé de quatre raisons. Vous n'en avez
donné que trois.

— Eh bien, il y a le plaisir, évidemment, qu'il ne
faut pas oublier non plus... Mais on parle, on parle, et
le travail n'avance guère. J'ai bien envie de t'envoyer à
la pharmacie, pour m'acheter un sandwich au bœuf cru
et une limonade à la cocaïne. Seulement, j'ai peur que
tu te perdes dans les couloirs sans lumière et que je ne
te revoie jamais. Alors, allons-y : Quel âge as-tu ?

— Treize ans et demi... Mais, un dernier mot : si
je réponds à toutes vos questions, qu'est-ce qu'il va dire,
votre acheteur de la télévision allemande ? Vous risquez
un procès pour rupture de contrat.

— Tu es naïve, s'exclame le docteur avec un bon rire.
Je peux toujours décider que tu as mal répondu. Je suis
seul juge. Et, de toute façon, il y a des questions si
bizarres que je doute fort de te voir leur trouver une
solution convenable ; sans compter que la liste n'en est
jamais arrêtée définitivement... Bon... la capitale du
Maryland... combien de secondes dans une journée... à
quoi rêvent les jeunes filles... sur quoi donnent les fenê-

155

tres... tu as déjà répondu à tout ça... Ah ! Voici autre chose : où as-tu rencontré pour la première fois le jeune W ?

— A la plage, cet été.

— Quand avez-vous décidé cette expédition contre Ben Saïd ?

— C'est le type au pardessus jaune ?

— Oui, bien sûr, ne fais pas l'imbécile.

— Comme ça, en le voyant monter dans le wagon. Enfin, du moins, je croyais, puisque en réalité il était de mèche, à ce qu'il semble. De toute manière on chassait sur cette ligne depuis le début de la semaine, et ça n'était pas le premier qu'on emmenait jusqu'au terminus.

— Que se passait-il à cet endroit ?

— Oh, rien d'extraordinaire : on s'amusait à leur faire peur et on prenait leur argent pour acheter des bandes magnétiques.

— Vierges ? »

La fillette a un petit rire, aigu et faux, de pensionnaire, qui se calme aussitôt : « Non, ça n'a aucun avantage qu'elles soient vierges, comme vous dites. Pour le même prix, on peut en avoir avec des choses enregistrées dessus, qu'on peut toujours effacer, si ça ne nous plaît pas.

— Quel genre de choses recherchez-vous ?

— Des choses marrantes.

— Mais encore ?

— Des gémissements, des soupirs, des cris étouffés, des machins comme ça... Ou bien des pas qui montent un escalier métallique, une vitre qui vole en éclats, une crémone de fer qui grince et les pas lourds qui se rapprochent le long du couloir, jusqu'à ma chambre, dont la porte tourne lentement sur ses gonds tandis que je me cache la figure dans les draps. Et je sens le poids du corps qui s'abat sur moi... C'est à ce moment-là que je me mets à hurler. « Tais-toi, murmure-t-il, petite idiote, ou je te fais mal », et cætera.

— Vous avez employé deux ou trois fois le mot « reprise » dans votre narration. Quel rôle joue-t-il au juste ?

— Un mot isolé ?

— Oui, entre deux points, alors que vos phrases sont en général correctement construites, bien que parfois un peu lâches.

— Ça me paraît clair. Ça signifie que l'on reprend une chose dont on avait interrompu le cours pour une raison quelconque... Mais vous pouvez continuer à me tutoyer, ça ne me choquait pas.

— Quel genre de raison ?

— La raison, gros malin, qu'on ne peut pas tout raconter à la fois, et qu'il y a toujours un moment où une histoire bifurque, revient en arrière ou fait un bond en avant, ou se met à proliférer ; alors on dit Reprise, pour que les gens sachent bien où ils en sont.

— Ne te fâche pas, dit le docteur à voix basse dans un nouvel accès de lassitude. J'avais compris. Mais il fallait que tu le dises, pour que ça puisse figurer dans le rapport.

— Quel intérêt ?

— Ne crois pas que ce rapport soit fait pour être lu seulement par des linguistes. Où en étions-nous ?

157

— La scène du viol.

— Ah oui... Pourquoi as-tu besoin de voler quelques dollars pour acheter ces enregistrements, alors que tu as tout l'argent que tu veux à la maison ?

— L'argent que donnent les parents n'est pas du vrai argent. Il est lisse et ne sent rien, sinon l'encre chimique. Ce sont des billets tout neufs, qu'ils doivent imprimer eux-mêmes. L'argent qu'on gagne est tout froissé, avec de menues déchirures, un peu gras à cause de la crasse ; il est agréable à toucher, et il a une bonne odeur quand on le sort de sa poche pour le poser sur le comptoir d'une librairie pornographique de Times Square.

— Mais tu ne le gagnes pas, tu le voles !

— Voler c'est une façon de gagner, comme mendier, transporter les sachets de poudre, ou faire des choses avec les vieux messieurs. Tout ça c'est avec le même argent, le vrai, qui a servi, qui est sale et qui sent bon, comme les cigares de La Havane, les parfums français, les chevaux de course, les vieux briquets à essence et les slips avant qu'on les lave.

— Pas de digressions personnelles, s'il te plaît. Continue l'histoire de ce qui se passe au terminus du métro.

— On descend, comme d'habitude, W tenant gentiment la main de Ben Saïd, qui pense être tombé sur une petite frappe pas dangereuse, à qui il va donner cinq dollars pour passer ensemble une demi-heure contre nature dans un endroit discret. M et moi, on suit par derrière, à vingt mètres, pour surveiller les opérations. Je me rappelle que, dans les couloirs de sortie, il y avait la grande affiche pour le nouveau détersif Johnson.

— Celle de la fille qui baigne dans son sang, au milieu du tapis d'un salon moderne, tout en nylon blanc ?

— Oui, c'est ça. Je décris la disposition du corps ? Les couteaux, les cordes et tout le reste ?

— Non. Tu l'as déjà fait dix fois. Le texte seulement.

— Le texte dit : « Hier, c'était un drame... Aujourd'hui, une pincée de lessive diastasique Johnson et la moquette est comme neuve. » Au-dessous, un type avait écrit au marqueur à feutre : « et demain, la révolution. » Quand nous sommes remontés à l'air libre, il faisait déjà presque nuit. Ben Saïd s'est laissé sans mal entraîner vers le terrain vague.

— Quel terrain vague ?

— Celui qu'on s'est arrangé, en mettant un peu d'ordre dans le fouillis. Les choses n'avaient guère changé depuis la dernière fois... Faut-il faire maintenant une description précise des lieux ?

— Evidemment !

— C'est une sorte d'esplanade rectangulaire d'environ trente mètres sur vingt, close par des palissades très élevées dont la seule raison d'être, sans doute, est de pouvoir y placarder des affiches de grand format, car il n'y a rien de précieux à l'intérieur. Une seule porte y donne accès, très petite, si basse qu'on doit se courber pour la franchir, et très difficile à découvrir pour celui qui ne la connaît pas d'avance, car elle correspond exactement à la porte en trompe-l'œil figurant sur une affiche photographique dont j'exposerai l'ensemble un peu plus tard, si j'en ai le temps. Il s'agit d'une publicité plastifiée,

159

faite pour résister plusieurs mois aux intempéries, et que j'ai toujours vue là. Comme cela paraît improbable qu'on l'ait collée par hasard à un emplacement aussi précis, ou même qu'on ait volontairement réussi à l'ajuster sur une ouverture préexistante, il faut bien penser que quelqu'un (M, peut-être, dont je me suis toujours méfiée, ou alors, pourquoi pas Ben Saïd ?) a pratiqué l'issue dans les planches, à la scie à découper, postérieurement à l'apposition de l'image. En tout cas les gens n'imaginent pas qu'une porte imprimée sur du papier puisse en réalité s'ouvrir, et en même temps c'est commode pour ceux qui savent, car cela permet de la retrouver sans peine, même quand on a pris une dose un peu forte.

A l'intérieur, il y a très peu de végétation : le sol est pavé, comme étaient les rues d'autrefois, paraît-il. On a l'impression d'être dans une cour, ou sur une petite place, d'une ville ancienne qui se trouvait dans ces parages et qui aurait disparu. Tout le quartier d'ailleurs est en ruines, sur des kilomètres, mais ce sont au contraire les ruines de maisons assez récentes, qui n'étaient pas solides, tout simplement. La plupart sont encore habitées. La petite porte secrète a une clef, qui ressemble à une clef de vraie porte. C'est moi qui la garde, puisque c'est moi qui l'ai découverte... Non, je ne la cache pas sous une lame du plancher de ma chambre ; je la dépose toujours, en arrivant, sur le marbre de la console, dans l'entrée, à côté du bougeoir en cuivre et de la lettre, non décachetée, qui n'est adressée à personne de la maison, mise par erreur dans la boîte, et que je dois rendre au facteur depuis je ne sais pas combien de temps.

Mais je reviens à ce terrain vague : il est parsemé d'objets au rebut, disposés de la façon que je dirai plus tard, parmi les herbes hautes qui ont poussé çà et là dans les interstices du pavage. Certains de ces débris sont de si grandes dimensions qu'ils n'ont pu être déposés ici qu'avant la construction de la palissade, par exemple le large lit de cuivre pour deux personnes, encore garni de son sommier métallique et d'un matelas éventré qui laisse échapper des touffes de crin moisi. Il y a aussi une Buick blanche, d'un modèle récent, en assez bon état mis à part qu'elle n'a ni roues ni moteur, enfin — et surtout — un escalier en fer de trois étages, dressé verticalement dans un des angles, une de ces structures squelettiques extérieures comme les maisons urbaines en possédaient au début du siècle, pour sauver les occupants en cas d'incendie. A la réflexion, le lit peut avoir été démonté, pour l'entrer par la petite porte, et remonté là ensuite. Quant à l'escalier géant, il a fallu de toute manière un énorme camion à grue pour le transporter d'une seule pièce ; il a donc pu, aussi bien, être déchargé par-dessus la palissade. Et la même grue se serait occupée par surcroît de l'automobile, qui — porte ou non — ne pouvait entrer seule, puisqu'elle est incapable de rouler.

Pour les autres objets abandonnés aux alentours, ces problèmes ne se posent guère. Je cite en désordre : une bicyclette, une table à repasser pliante, une femme nue articulée en matière plastique rose, grandeur nature et encore parée de sa perruque rousse, provenant sans aucun doute d'une vitrine de magasin populaire, trois projecteurs de cinéma à pied de fonte, une grande quantité d'appareils de télévision et beaucoup d'autres ustensiles encore plus modestes, souvent difficiles à identifier.

Mais je reviens à W qui arrive à ce moment dans les parages avec Ben Saïd ; ils longent, dans le crépuscule, les grandes affiches bariolées recouvrant la palissade. Juste comme le gamin, s'étant dirigé vers la porte clandestine, détourne la tête afin de s'assurer que la rue est vraiment déserte, un bruit de course tout proche le dérange dans son projet : plusieurs personnes, dont les pas rapides claquent dans le silence de ce quartier mort, semblent converger de ce côté-ci ; et voilà qu'un couple affolé débouche à l'angle du bloc suivant (les blocs ont ici la même dimension que partout ailleurs, mais ce ne sont pas des blocs d'immeubles construits en hauteur : démolitions, baraquements, chantiers à l'abandon, murs aveugles constituent la plus grande partie du paysage, où ne se dressent que de rares maisons d'un étage ou deux).

W se garde bien de désigner par un geste intempestif l'entrée du terrain vague à l'attention de ces inconnus, d'autant plus que d'autres pas se font encore entendre, à droite et à gauche. Il préférerait d'ailleurs passer inaperçu lui-même ; aussi se plaque-t-il sans bruit contre la grande photo plastifiée. Ben Saïd, à côté de lui, en fait autant. Ils observent la scène, qui s'éclaire alors d'un seul coup : les lampadaires se sont allumés aux quatre coins de ce segment de rue. C'est l'heure normale probablement ; mais, pour des raisons ignorées du public, ceux des autres carrefours demeurent éteints.

Loin d'être rassuré par cette clarté soudaine, le couple paraît encore plus désorienté. Il s'agit d'un jeune homme et d'une très jeune fille, habillés de façon élégante comme s'ils sortaient du théâtre ou d'une réception mondaine. La fille est en robe blanche, longue et ample, le garçon en complet noir. Pourquoi sont-ils à pied dans cette région perdue ? Leur voiture est-elle tombée en panne ? Ou bien en ont-ils été délogés par des voleurs ? Ils parcourent encore quelques mètres, mais plus incertains, comme s'ils hésitaient sur la meilleure conduite à tenir, le garçon, un peu en avant, cherchant à entraîner sa compagne qui s'est retournée pour regarder en arrière. Ils ne prononcent pas une parole. Leurs visages sont anxieux ; ils se sentent traqués, sans savoir même exactement dans quelle direction se situe le danger le plus fort. Bientôt, ils s'immobilisent tout à fait.

Les pas plus lourds de leurs poursuivants se sont arrêtés aussi, aux abords immédiats sans doute, bien que personne ne se montre d'aucun côté. Debout au milieu de la chaussée, les jeunes gens observent les deux carrefours, l'un après l'autre, celui d'où ils viennent et celui vers lequel ils couraient à l'instant, dont ils se trouvent à peu près à égale distance, c'est-à-dire en face de l'endroit où Ben Saïd et W se dissimulent dans l'image photographique, aussi figés que s'ils y étaient eux-mêmes figurés en trompe-l'œil.

Alors un homme apparaît, à l'un des angles de la scène, émergeant de derrière un hangar qui forme le coin du bloc ; il fait trois pas très lents et vient se poster sous le lampadaire, bien en évidence. Un autre apparaît de même juste en face, à l'angle de la palissade, pour se placer d'une manière identique sous l'autre lampadaire.

Et c'est ensuite aux deux coins de l'autre carrefour que deux autres hommes se postent. Ils sont vêtus tous les quatre du même costume : une sorte de survêtement sportif de teinte grise ; ils sont nu-tête, avec des cheveux blonds coupés en brosse ; ils portent un loup noir sur le haut du visage.

A chaque apparition successive, le jeune homme s'est tourné vers la nouvelle menace qui vient de surgir, guidé par le bruit caoutchouté des pas, isolés désormais dans le grand silence. Toujours très calmement, chacun des quatre hommes extrait de sous sa combinaison, où il était dissimulé par l'étoffe lâche sur le côté de la poitrine, un pistolet de gros calibre auquel il se met aussitôt à adapter un silencieux, vissant le dispositif avec soin, sans se presser. L'arme est rendue plus impressionnante encore par cet épais cylindre qui prolonge le canon d'au moins dix centimètres, lorsque le tireur dirige celui-ci vers le centre de la scène.

La jeune fille pousse un cri d'angoisse, un seul cri, rauque et prolongé, qui résonne comme dans l'espace clos d'un théâtre. D'une voix impersonnelle, l'un des quatre hommes (préciser lequel serait difficile car ils sont parfaitement identiques et semblablement disposés) dit au garçon de s'écarter de trois mètres vers le mur. Ses mots sont nets, bien détachés les uns des autres, et l'acoustique du lieu est si bonne qu'il n'a pas besoin d'élever le ton, malgré la distance. Le garçon obéit, sous la menace des quatre revolvers, après avoir hésité à peine une seconde.

Alors on entend une sorte d'explosion amortie, puis

une deuxième. Le jeune homme chancelle et roule sur la chaussée. Encore deux explosions successives et il cesse de bouger complètement. A chaque coup de feu, on a perçu distinctement le choc mat de la balle sur le corps. La jeune fille en robe de mousseline blanche demeure immobile, muette et comme paralysée de terreur dans une posture un peu mélodramatique : une main à demi tendue vers son compagnon, l'autre ramenée vers la bouche, qui s'est entrouverte un peu plus à chaque détonation. Et elle reste ensuite ainsi, telle une statue de cire, ses cinq doigts écartés (dont l'un est cerclé d'un mince anneau d'or) à vingt centimètres environ de ses lèvres disjointes, sa jolie tête blonde à peine détournée, le buste légèrement rejeté en arrière, tandis que les quatre meurtriers dévissent avec la même application le silencieux de leur pistolet, pour replacer séparément l'arme et le tube de métal sous leur aisselle.

Puis ils s'approchent de la survivante, provisoirement épargnée, et s'emparent d'elle sans avoir à lutter davantage. Cependant, pour plus de sûreté, ils la bâillonnent et lui lient les mains dans le dos, avant de l'entraîner à pas rapides, soutenue, presque portée, par deux des ravisseurs qui lui tiennent fermement les bras de chaque côté. Arrivés au carrefour, ils s'arrêtent un instant : l'un des deux autres se baisse pour ramasser sur le sol le grand voile blanc vaporeux que la prisonnière avait perdu, tout à l'heure, dans sa fuite, et il le lui replace avec délicatesse sur la tête. En quelques enjambées dansantes, le groupe a disparu dans l'avenue perpendiculaire.

Il reste seulement sur l'asphalte, à trois mètres du mort, un petit cercle blanc qui, vu de plus près, se révèle être une couronne de fleurs d'oranger en matière plastique. Quand, au petit matin, la police qui procède au ramassage des cadavres trouvera le corps, elle découvrira en outre dans la main du jeune homme un bristol rectangulaire, au format d'une carte de visite, avec ces mots inscrits en lettres capitales : « Les jeunes mariées toutes blanches seront arrachées, encore vierges, des bras de leur époux terrestre, pour devenir la proie du couteau et des flammes... » Et au-dessous : « Apocalypse, 8 - 90. Avertissement sans frais. »

C'est Ben Saïd lui-même qui nous raconte l'histoire, au « Vieux Joë » où nous sommes attablés, comme chaque soir, devant nos verres de Marie-Sanglante. Il a, dit-il, placé à tout hasard cette signature ambiguë dans la main du mort, afin de parer à toute éventualité. Mais il se demande maintenant s'il a bien fait, car (il l'a vérifié avec soin sur son carnet de courses) ce n'était pas l'heure indiquée, ni même l'endroit exact. Lui en tout cas n'est jamais en retard, répète-t-il avec rancune ; s'il est arrivé, cette fois-là, trop juste au début de la scène, dont il a pu manquer un fragment, c'est évidemment qu'on lui avait donné une mauvaise heure, et cela peut-être volontairement, si l'on cherche à le prendre en faute. Sept minutes de différence, ça compte ! Et il était stipulé : « à l'intérieur du terrain vague », dont il avait, pour cette raison, déjà pris la peine de décrire le décor. Ou alors il s'agissait tout à fait d'une autre scène, et les agents d'exécution appartenaient aussi bien à un autre groupe. Ça lui avait paru, d'ailleurs, trop bien réglé... « La pagaille ! soupire-t-il. C'est la pagaille de plus en plus et je commence à en avoir marre. »

Mais à ce moment Frank est arrivé de son pas nonchalant et s'est assis à notre table comme s'il n'avait rien entendu de la conversation. « Mission accomplie ? » a-t-il demandé. « Mission accomplie ! » a répondu Ben Saïd. Et il n'a pas fait la moindre allusion aux légères anomalies de temps et de lieu, ni à son mécontentement.

Je suis rentré à la maison aussitôt après, car Frank n'aurait eu — semble-t-il — rien à me dire. J'ai pris le métro, où tout avait l'air calme. Le wagon de la rame express, où je suis monté à la correspondance, était vide, à l'exception d'une très jeune fille en pantalon et blouson de cuir noir qui, me tournant le dos, regardait obstinément par la vitre de la petite porte de communication, tout au bout de la voiture. Elle m'a fait penser à Laura, je ne sais pas pour quelle raison. J'ai eu le sentiment, une fois de plus, qu'elle n'était pas heureuse. En face de chez moi, le type était toujours à son poste, dans le renfoncement du mur. Sans m'arrêter pour faire la conversation, car j'étais pressé de me mettre au lit, je l'ai salué d'un « hello ! » familier. Il m'a répondu de la même manière, comme en écho.

Quand j'ai introduit ma clef dans la serrure, j'ai eu un instant la sensation que le mécanisme en avait été manipulé : quelque chose d'inhabituel accrochait à l'intérieur, d'une façon imperceptible. Pourtant, la clef a tourné normalement, et la porte s'est ouverte. Je suis entré, j'ai refermé le battant sans faire de bruit et j'ai posé la clef sur la console à côté de la lettre non décachetée, mise par erreur dans ma boîte, que je dois rendre au facteur depuis je ne sais combien de temps. J'ai de nouveau déchiffré le nom et l'adresse, mais ça ne me disait rien de plus que les autres fois. Au verso, il n'y avait toujours aucune mention d'expéditeur. J'ai eu derechef la tentation d'ouvrir l'enveloppe, puis j'ai réfléchi que ça ne m'intéressait, en somme, pas tellement.

Je suis monté jusqu'au deuxième étage et, là, j'ai trouvé Laura en chemise de nuit, sa lampe de chevet à la main, éteinte bien entendu, dont le fil traînait par terre, sur le seuil d'une des chambres vides dont la porte était grande ouverte, celle qui est carrelée de blanc.

Je lui ai demandé ce qu'elle faisait là. Elle m'a répondu qu'elle essayait une prise de courant. Comme j'exigeais de plus amples explications, et que je voulais savoir en outre pourquoi elle n'était pas couchée, à cette heure tardive, elle m'a entraîné jusqu'au centre de la pièce et a désigné du doigt les deux petits trous nets et ronds qui se trouvent au milieu d'un des carreaux de faïence. Elle avait remarqué, dit-elle, que ces trous étaient garnis de cuivre à l'intérieur.

« Ça devait être ici, ai-je répondu aussitôt, une salle à manger, ce qui explique le carrelage. La prise de courant servait à brancher une sonnette, ou une lampe qui était posée sur la table centrale, pendant les repas. Il n'y a d'ailleurs, au plafond, aucun reste de suspension, lustre ni éclairage d'aucune sorte. » Mais j'avais senti tout de suite le danger : je savais déjà où elle voulait en venir.

168

« Les trous d'une prise de courant, dit-elle, ne sont pas filetés intérieurement. D'ailleurs, pour plus de certitude, je viens d'essayer : le diamètre est trop large et l'écartement trop grand.

— Alors, c'était sans doute pour visser quelque chose.

— Oui. C'est bien ce que j'avais pensé », a-t-elle murmuré, comme pour elle-même.

J'ai ajouté, de l'air indifférent de celui qui n'attache aucune importance à ces bêtises, surtout après une longue journée de travail harassant :

« Il y a des tas d'installations bizarres, dans cette maison.

— Oui, dit-elle.

— J'ai remarqué beaucoup d'autres détails incompréhensibles.

— Incompréhensibles n'est pas le mot », a-t-elle répondu après un instant de réflexion.

Pour changer de sujet, j'ai dit qu'elle allait prendre froid, à se promener ainsi pieds nus sur le carrelage. C'est alors qu'elle m'a raconté l'histoire du type au ciré noir qui surveille la maison.

Je lui ai dit qu'elle déraisonnait et j'ai voulu la repousser hors de cette pièce, où elle n'avait rien à faire... Avant que je ne l'aie touchée, elle s'est mise hors d'atteinte par un léger bond de côté, pour aller se réfugier dans l'angle le plus éloigné de la porte. Là, elle s'est accroupie, se rencognant autant qu'elle pouvait comme si elle espérait rentrer dans les murs, blottie sur elle-même et tenant ses genoux repliés dans ses bras, selon ce qui a déjà été rapporté. J'ai raconté aussi comment je m'étais approché d'elle lentement, dans l'axe diagonal de la pièce vide, prêt à opérer un brusque écart à droite ou à gauche si elle tentait un mouvement pour m'échapper. Mais elle n'a pas fait un geste, se mettant seulement à geindre comme un petit chien à l'attache.

Je l'ai saisie par un poignet et l'ai relevée de force. Alors elle a commencé à se débattre, mais il était trop tard : elle était emprisonnée entre mes bras et ses vains efforts pour se dégager n'avaient pour effet que de rendre plus sensible sa faiblesse, tout en faisant bouger complaisamment son corps contre le mien, si bien que j'ai prolongé ce jeu quelques minutes, pour le plaisir. Naturellement, j'ai eu tout de suite envie d'elle et je l'ai entraînée vers sa chambre, tout au bout du couloir, en lui tordant légèrement un bras en arrière, afin de lui causer une douleur assez vive sitôt qu'elle faisait mine de ne plus vouloir avancer. Mais je me suis arrêté en route, à deux reprises, pour la contraindre à se coller de nouveau contre moi et la faire souffrir un peu plus, dans cette posture, de manière à bien sentir sur mes vêtements rugueux le tendre frottement de son ventre et de ses seins, à travers la fine soie froissée de sa chemise.

La porte de la chambre était restée ouverte ; le lit se trouvait déjà défait. J'ai poussé ma captive à l'intérieur et j'ai refermé derrière nous le battant, d'un coup de pied. En la tenant toujours de la même façon, j'ai obligé la petite fille à se mettre à genoux sur le tapis de chèvre blanche ; sans la lâcher, je me suis assis en face d'elle au bord du lit. Puis j'ai immobilisé ses deux poignets derrière son dos, dans une seule de mes mains,

170

et de l'autre, la droite, je l'ai giflée plusieurs fois, en prenant mon temps, sous prétexte de la punir pour n'être pas encore endormie.

Ensuite j'ai approché sa tête de mon visage, en empoignant sa chevelure défaite dans la main droite, juste au-dessus de la nuque, et j'ai caressé sa bouche avec mes lèvres. Comme elle ne se montrait pas assez complaisante à mon gré, je l'ai giflée de nouveau, sans plus d'explications. Après la troisième sanction, elle m'a embrassé sans réticence, en y mettant tout le soin et la douceur qu'il fallait. Alors je l'ai fait s'allonger sur le dos en travers du lit, ses poignets fragiles toujours emprisonnés ensemble au creux de sa taille, dans ma main gauche, en même temps que je remontais sa chemise de nuit jusqu'au-dessus des seins ; et je me suis couché à moitié sur cette chair sans défense.

J'ai promené longuement le bout des cinq doigts de ma main libre sur sa peau, aux endroits où celle-ci est la plus délicate, mais davantage pour faire ressentir son impuissance à ma prisonnière que pour l'intéresser à mes intentions. Bientôt, sous la menace d'autres sévices, plus barbares, je l'ai forcée à ouvrir les cuisses en les écartant d'un de mes genoux, tout en écrasant avec mon poignet le tissu léger ramené en bouchon sur sa gorge, de manière à l'étouffer un peu à chaque pression comme moyen de persuasion supplémentaire. Mais, à partir de ce moment, elle a abandonné toute velléité de résistance et elle a obéi à mes ordres, bien sagement.

C'est cette nuit-là que je me suis endormi auprès d'elle, tout habillé, en oubliant qu'il y avait une boîte d'allu-

171

mettes dans la poche de ma veste, jetée en désordre au pied du lit, dont elle pouvait s'emparer d'un simple geste sans risque de me tirer de mon sommeil. C'est cependant le souci inconscient de ces allumettes qui apparaît tout de suite dans mon rêve. Je longe à pied une rue déserte, perdue — je le sais — tout au fond d'un lointain faubourg en ruines, dans la quasi-obscurité bleuâtre de la nuit qui achève de tomber. On ne perçoit aucun bruit, pas le moindre ronflement de voiture aux environs, et c'est dans un silence total que je m'entends dire : « Quelque chose de doux et de désespéré », qui s'applique sans doute à ce paysage tranquille, aux murs écroulés, au crépuscule.

Le second bruit qui vient déchirer cette épaisseur cotonneuse est celui des allumettes, que je craque l'une après l'autre sur le frottoir, pour essayer de voir ce que représentent les immenses affiches placardées tout au long d'une très haute palissade, qui forme sur ma droite une surface lisse, infranchissable. Sans que je sache clairement pourquoi, il est très important que je déchiffre les textes et dessins de ces panneaux publicitaires. Mais la faible et brève clarté des petites flammes fugitives, que je dois protéger de ma main, ne réussit à faire sortir de l'ombre que des détails si agrandis par leur proximité immédiate qu'il est impossible de leur attribuer un sens, et à plus forte raison de les replacer dans un ensemble.

Heureusement, voilà que des lampadaires d'une hauteur et d'une puissance inusitées s'allument d'un seul coup, de tous les côtés à la fois ; et je n'ai plus qu'à me reculer pour regarder les affiches, qui n'ont d'ailleurs rien de rare : ce sont celles que l'on voit partout, dans le métro et ailleurs. Il y a en particulier le visage, amplifié aux dimensions d'un écran de cinéma pour automobiles, d'une jeune femme à la bouche entrouverte et aux yeux bandés ; seul détail remarquable (mais non pas exceptionnel) de cet exemplaire-ci : un graffiti géant, peint d'un trait ferme au pistolet à encre noire, qui figure un sexe masculin de trois mètres de haut, dressé verticalement jusqu'aux lèvres disjointes. L'affiche ainsi souillée, bien que de pose toute fraîche, comporte en outre cinq mots rajoutés à son texte laconique — « demain... » — qui se trouve complété par cette condamnation manuscrite : « la hache et le bûcher ! ».

Il y a aussi, juste à côté, le fer à repasser électrique gros comme une locomotive, étincelant de tous ses chromes et aussi compliqué qu'une usine entière, avec en guise de légende le slogan habituel : « Chaud comme le paradis, précis comme l'enfer », qui est une allusion phonétique à la marque du fabricant. Un peu plus loin s'étale l'image d'un bar très enfumé, de vastes proportions, où des clients — tous des hommes — sont attablés devant des verres emplis du même liquide rouge, auxquels on dirait qu'ils hésitent à boire ; leurs figures sévères, tendues, comme dans l'attente d'un événement qui va survenir, n'expriment d'ailleurs aucun des sentiments que l'on s'attendrait à voir pour vanter la chaleur d'un apéritif.

Je cite encore la réclame d'un grand magasin de confection qui fait des prix spéciaux aux jeunes gens à l'occasion de leur mariage : la photographie représente un

173

jeune homme élégant vêtu d'un complet noir, accompagné d'une adolescente blonde, portant la traditionnelle robe de mousseline blanche avec le voile transparent et la couronne de fleurs d'oranger. Ils sont à peine plus grands que nature et s'avancent en courant, se tenant par la main. La jolie mariée a son autre main étendue en avant, comme si elle cherchait à attraper quelque chose ; ses lèvres s'entrouvent comme pour parler. Mais aucun son ne sort de sa bouche, et son geste du bras reste figé en l'air, sans se refermer sur rien.

L'affiche qui fait suite est également une très bonne reproduction photographique en couleurs. Le sujet lui-même est cette fois de champ si étendu que la grandeur naturelle a suffi : il s'agit de la façade de ma propre maison. Je la reconnais aussitôt aux trois marches de fausse pierre, dont la plus haute est écornée dans le coin droit, et au dessin de la grille en ferronnerie qui protège le petit rectangle vitré. Deux personnages se tiennent à gauche des marches, sur le trottoir mouillé de pluie ; l'un est Ben Saïd, l'intermédiaire qui monte la garde sur les ordres de Frank pour surveiller les éventuelles allées et venues de Laura, bien reconnaissable avec son imperméable verni noir et son chapeau de feutre rabattu sur les yeux. Il a dû être saisi à l'improviste par l'objectif, sans avoir osé s'enfuir ni protester, de peur d'éveiller les soupçons s'il avait l'air de craindre toute publicité révélant son passage en ce point de la ville. Mais, ce qui m'intéresse davantage, c'est le gamin en pantalon de toile et blouson défraîchi qui se tient à côté de lui sur l'image, car je n'ai jamais remarqué la

174

présence de ce personnage aux alentours de chez moi. La lettre W qui orne la poche de poitrine devrait correspondre à l'initiale du propriétaire ; mais il n'est pas certain, si l'on se fie à l'allure générale de l'adolescent, que la possession par lui d'un vêtement implique sa propriété légale.

En m'approchant je m'aperçois que, si les deux personnages humains sont en effet de taille normale, la porte au contraire — à cause de la perspective — se trouve être légèrement plus petite que celle par laquelle je rentre et je sors de chez moi tous les jours. Pourtant (et je ne peux pas dire que cela me cause une réelle surprise) ma clef entre sans mal dans le petit trou noir qui correspond à l'orifice de la serrure, elle y tourne normalement et fait jouer le mécanisme. Le battant s'ouvre et j'ai juste à me courber un peu pour franchir le mur.

Une question à présent se pose : comment le passage des trois marches s'est-il effectué ? Je ne peux les avoir gravies, puisqu'elles sont en trompe-l'œil. Et pourtant je n'ai pas le souvenir d'avoir eu à enjamber un seuil d'une telle hauteur... De l'autre côté, il n'y a d'ailleurs ni console ni bougeoir de cuivre ni grande glace, mais un terrain vague rectangulaire, où une rare végétation a poussé dans les interstices très visibles qui quadrillent toute la surface d'un pavage régulier, à joints continus. L'endroit a dû servir à déposer des objets au rebut ; or, curieusement, ceux-ci ne sont pas entassés en désordre, mais répartis sur toute la superficie comme les pièces d'un jeu d'échec.

C'est sans doute pour cette raison que je prononce le

mot « pièce » ; cependant le jeu en question pourrait avoir, plutôt, le caractère théâtral, et la pièce serait alors au contraire l'ensemble de la représentation. Toujours est-il que le plus frappant de ces objets est un magnifique lit de cuivre, qui occupe le centre du terrain, dont le matelas crevé comme à coups de couteau laisse par endroits échapper son crin végétal, brûlé par le grand soleil et la pluie. Un mannequin déshabillé, fait d'une matière élastique couleur chair, y repose sur le dos, les membres écartelés en croix de saint André, une splendide chevelure rousse répandue en soleil encadrant son visage de poupée laiteuse aux grands yeux verts étonnés. Le sexe s'orne aussi d'une touffe pileuse imitant la nature, mais celle-ci semble improvisée avec une poignée de crin rougeâtre, arrachée au matelas et collée sommairement sur le triangle du pubis.

Autour du lit sont disposés trois projecteurs de forte puissance, allumés, l'un aux pieds de la fille, les deux autres à droite et à gauche de sa tête, qui éclairent le corps nu aussi violemment que pour une opération chirurgicale. J'identifie sans peine cette belle créature rousse comme étant JR en personne, qui vient d'être condamnée à titre d'ultime menace pour vaincre la lenteur fiscale de son vieil amant, Emmanuel Goldstücker, dont il a déjà été question. La table en acier poli destinée au repassage domestique, qui a servi pour le début du supplice rapporté précédemment, occupe d'ailleurs sur l'arrière de la scène une douzaine des cases de l'échiquier (les pavés de granit ont vingt-cinq centimètres de côté environ). Symétriquement par rapport à l'axe du lit, se dresse une

176

troisième sorte de chevalet à tortures : une scie à main de bûcherons, du genre dit passe-partout, forte lame large d'un pied et longue de deux mètres qui, tendue ici horizontalement à un mètre du sol entre deux pieux de bois enfoncés dans les joints de la pierre (et donc distants de huit cases), pointe vers le ciel ses dents acérées.

La plupart des autres pièces ont été mentionnées au cours de ce qui précède. Rappelons : la voiture blanche sans roues, la cage de fer pour le transport des fauves en métro, la bicyclette du voyeur, plusieurs machines agricoles archaïques dont un hache-paille, une charrue à un seul soc et trois herses en bois garnies de pointes en fer forgé, deux portes peintes en bleu vif encore montées dans leurs cadres et tournant sur leurs gonds, enfin l'escalier métallique dressé dans un angle du terrain, tel un observatoire, permettant de surveiller à la fois le rectangle circonscrit par la palissade et les avenues qui l'entourent. Au sommet de l'escalier a été installée une antenne de télévision, reliée aux nombreux postes récepteurs disséminés sur le pavage (dont ils occupent chacun six cases), qui reproduisent ainsi un grand nombre de fois tout au long du parcours le même programme éducatif. L'un de ces appareils et les images africaines qu'il transmettait figure, comme on l'a vu, dans le livret du premier acte. Signalons pour terminer, jalonnant les emplacements plus dégagés de l'espace scénique, un bidon de dix litres plein d'essence, un paquet de chaînes du calibre dont on se sert pour attacher les très grands chiens, quatre poids de fonte pesant chacun vingt kilogrammes, munis d'un gros anneau et d'une inscription en relief garantissant l'exactitude de leur masse, une paire de tenailles, un marteau, des clous de maréchal-ferrant, une grosse râpe à bois de forme cylindrique à très fortes entailles, une robe de soie verte portant des traces de brûlures, deux seringues à injections intra-veineuses, trois blouses d'infirmière tachées de sang, des ciseaux de couturière, une règle d'acier aux arêtes vives, une caisse contenant six bouteilles d'un liquide rouge vif, une pince à épiler, un carnet recouvert de molesquine noire, un crayon à pointe de feutre, douze lames de rasoir, une aiguille à tricoter, des épingles, etc.

Sans perdre de temps, je franchis une des portes bleues grande ouverte sur le vide, pour aller chercher, trente cases au-delà, quatre chaînes d'un mètre environ terminées chacune par un mousqueton de fermeture, je reviens vers le lit par le même chemin ; en évitant de l'arracher trop tôt à son évanouissement et sans rien changer à sa posture, j'attache avec soin (à l'aide des chaînes) les poignets et les chevilles de la fille rousse aux quatre colonnes de cuivre qui constituent les montants du lit ; je vais prendre le bidon d'essence, ce qui m'oblige à parcourir vingt-huit cases en diagonale et à ouvrir l'autre porte bleue, que je ferme en revenant sur mes pas ; j'arrose d'essence le crin qui tient lieu de toison au mannequin enchaîné, je rapporte le bidon à sa place (ouverture et fermeture de la porte) et je m'approche à nouveau du lit ; je retrouve dans la poche de ma veste, où je l'avais fourrée en pénétrant dans le terrain vague, la boîte d'allumettes déjà mentionnée ; j'éteins les trois projecteurs, je craque une des allumettes

178

sur le frottoir, et j'en effleure rapidement le sexe imbibé d'essence, qui s'embrase d'un seul coup.

Un beau feu bien rouge s'élève dans la nuit, dont les volutes et tourbillons aux flamboiements houleux projettent des reflets changeants sur les objets situés alentour, qui paraissent eux-mêmes ainsi agités de tremblements, de rotations brèves et de brusques sursauts, affectant en particulier les surfaces claires les plus proches, c'est-à-dire les cuisses ouvertes, les hanches et la poitrine du jeune mannequin dont le corps et les membres se contractent sous l'effet de la douleur, mais sans qu'elle puisse se permettre des mouvements plus amples à cause des liens qui la maintiennent dans un écartèlement rigoureux. Rappelée à la vie par ce procédé cruel, la victime tire cependant autant qu'elle peut sur ses chaînes, produisant un cliquetis argentin de bracelets barbares, dont les spasmes périodiques viennent rythmer le souffle de l'incendie.

Quand l'essence et la toison mousseuse ont fini de brûler, la flamme s'éteint brusquement. Je rallume les projecteurs. La belle Joan semble à présent bien ranimée. Ses yeux sont grands ouverts et brillants, dont elle me regarde encore avec le même air candide, étonné, disponible, un peu enfantin, et elle a toujours le même sourire naïvement sensuel sur ses lèvres disjointes, chargé de promesses, immuable et conventionnel. Le crin a disparu entre ses cuisses, entièrement consumé, et a laissé la place à une matière blanchâtre, gluante, qui recouvre le pubis en coulures irrégulières et que je suppose être le reste de la colle, fondue à la chaleur du brasier ; j'y

179

porte l'index avec circonspection et l'approche ensuite du bout de ma langue : le goût en est agréable, doux et musqué comme celui de certains fruits tropicaux. J'arrache une nouvelle poignée de crin dans une déchirure du matelas ; en le regardant de plus près, il me semble cette fois que les intempéries n'ont pu suffire à lui donner cette couleur fauve, qui proviendrait plutôt d'une teinture, ou d'un liquide rouge qui aurait coulé lors de l'éventration des tissus. Tout en faisant ces observations, j'arrange avec soin une touffe bien fournie et bien régulière que j'applique en respectant la forme des coins sur le triangle de chair encollé, dont la pointe s'enfonce profondément entre les jambes.

Ensuite, je renouvelle l'ensemble des opérations précédentes : je vais reprendre le bidon d'essence dont je verse quelques décilitres sur le sexe tout frais de la jeune femme, qui est à nouveau comme neuve. Je remporte le bidon, puis je retourne jusqu'au lit où j'éteins les trois projecteurs. Je craque une allumette, prise dans la boîte qui se trouve dans ma poche, et j'enflamme le buisson roux. Cette fois le corps aux courbes voluptueuses bouge davantage, dans les rougeoiements de la torche vivante, ses liens ayant sans doute pris un peu de lâche, à force d'être tiraillés en tous sens par la fille qui se tord au paroxysme de la souffrance. Une sorte de râle sort de sa gorge, avec des halètements et des cris de plus en plus précipités, jusqu'au long gémissement rauque final, qui se prolonge encore après l'extinction totale des flammes, dont une gerbe d'étincelles a marqué l'achèvement. Lorsque je rallume les projecteurs, je constate que les grands yeux verts se sont refermés, et s'entrouvrent seulement peu à peu, maintenant, pour me regarder plus intensément entre les paupières plissées.

Mais je recommence pour la troisième fois la même épreuve, comme il est prévu dans le texte du jugement remis par Ben Saïd. Et la condamnée remue à présent, sous la torture, de façon vraiment plaisante, tandis qu'elle profère des mots sans suite, mélange de supplications et d'aveux, qui viennent bien tard comme je le lui fais remarquer. Après le supplice du feu, je passe alors, selon ce qui a été prescrit, à celui de la scie et des tenailles, qui représente le troisième acte.

Profitant de l'état d'épuisement où l'ont laissée ses dernières brûlures (j'avais même fourré un peu de crin à l'intérieur du sexe pour prolonger la combustion), je détache des montants du lit les chaînes de la prisonnière, dont le doux visage au sourire imperturbable reflète la joie des jeunes martyres entre les mains de leurs bourreaux. Mais, sans m'attarder outre mesure à ces considérations métaphysiques, je lui lie ensemble les deux poignets, derrière le dos, assez étroitement pour les maintenir au creux des reins et lui dégager ainsi les fesses. Je prends dans les bras son corps désormais docile et je la place à califourchon sur la lame horizontale aux longues dents coupantes, qui se trouve à un niveau trop élevé pour que les pieds de la patiente atteignent le sol. J'enchaîne ensuite chacune des chevilles à l'un des poids en fonte de vingt kilos, qui sont situés de façon symétrique de part et d'autre de la scie, séparés par un intervalle de cinq cases. L'écartement des longues jambes, bien tendues par les liens, fait pénétrer davantage les pointes d'acier dans les chairs tendres du périnée ; des filets de sang commencent à couler sur le plat de la lame et à la face interne des cuisses, où les plus nourris descendent bientôt jusqu'au genou.

Afin de procéder à l'arrachement des ongles de pieds, puis des bouts de seins, conformément au déroulement légal enregistré dans la description, il me faut maintenant aller quérir les tenailles, ce qui pose un problème de parcours plus délicat que ceux dont j'ai eu jusqu'ici à résoudre l'équation. L'instrument de torture ne se trouve en effet, par rapport à la position que j'occupe, ni dans l'une des directions diagonales (les plus favorables puisqu'elles permettent de franchir une plus grande distance pour un même nombre de cases), ni dans l'une des directions longitudinales, également admises quoique moins payantes. Je dois donc combiner un fragment de parcours droit avec un fragment oblique (en diagonale), ce dernier devant représenter la plus grande partie du trajet, afin que l'ensemble me conduise à traverser le plus petit nombre de cases possible. Pour choisir le meilleur itinéraire, j'effectue du regard différents calculs, mais je me trompe à plusieurs reprises car la lumière n'est pas partout suffisante pour que le comptage des pavés soit commode, là en particulier où les herbes sont les plus hautes.

Enfin, je me décide pour une ligne géométrique qui me paraît intéressante... Je m'aperçois, hélas, en cours de route que j'ai dû commettre une grave erreur d'appréciation ; je rectifie au dernier moment, optant pour une solution qui n'est certes pas la meilleure, mais dont je peux cependant espérer qu'elle me tirera d'affaire à moindres frais. Au bout de quelques cases, parcourues comme toujours à petites enjambées de vingt-cinq ou trente centimètres, en faisant très attention aux interstices, sur lesquels il ne faut pas poser le pied, je constate avec inquiétude que je suis de plus en plus éloigné de mon but, dont je distingue d'ailleurs assez mal la situation exacte au milieu des broussailles, qui me paraissent beaucoup plus hautes que tout à l'heure. Je m'avance dans la direction que je pense être approximativement la bonne, et voilà que tout à coup je me trouve arrêté par la Buick blanche sans roues, dont la carrosserie très basse était restée cachée à ma vue derrière un buisson de ronces.

Il est trop tard à présent pour feindre de passer par là en connaissance de cause, je dois donc séjourner en ce point le temps de compter jusqu'à mille, pour ne pas avoir à régler le prix de la pénalisation correspondant à une telle faute. J'ai tout loisir, au cours de cette numération, d'observer un très jeune couple en pantalon de toile et blouson de faux cuir, où l'on reconnaît en dépit de la similitude des costumes un gamin de quatorze ans (qui arbore sur sa poche pectorale un M renversé) et une adolescente à peine plus âgée (dont les fermetures à glissière largement ouvertes, sur la poitrine comme sur le ventre, laissent aisément vérifier qu'elle ne porte aucune espèce de sous-vêtements), qui sont en train de s'embrasser à l'intérieur de la voiture, vautrés sur les confortables coussins du siège arrière.

Après m'être acquitté de mon gage, j'exécute un crochet pour continuer ma route — ce que j'imagine être ma route — qui me conduit au contraire dans une région fort obscure, où je bute bientôt contre une des portes bleues... C'est du moins ce que je crois lorsque, espérant cette fois m'en tirer à bon compte, j'ouvre le battant afin de passer outre. La porte de bois s'est déjà refermée derrière moi, avec un claquement sourd, quand je me rends compte de ma méprise : c'est au milieu de la large rue vide que je me retrouve, dans la vive lumière bleuâtre des lampadaires électriques.

A quelques pas sur ma droite, il y a le vieux serrurier chauve qui est en train, penché sur l'image de ma porte, d'essayer de voir à l'intérieur par le petit trou laissé par ma clef. Il cherche sans doute à déceler la cause des cris déchirants qui proviennent de cet endroit clos et dont les accents — inhabituels, même dans ce quartier — ont attiré son attention. Et le spectacle qui s'offre à ses yeux a en effet de quoi surprendre : dans l'entrebâillement d'une porte peinte en un bleu éclatant située semble-t-il au bout de quelque couloir, au milieu de broussailles vives où dominent les ronces et les orties, une jeune femme entièrement nue apparaît de trois quarts face, placée à cheval sur une lame de scie aux dents très aiguës, les jambes largement écartées par des chaînes fixées à deux anneaux, ce qui maintient les pieds à vingt centimètres environ au-dessus d'un sol de pierre. La posture du corps sur le chevalet (les mains attachées dans le dos, les reins bien cambrés, la chevelure rousse aux

184

reflets dorés rejetée en arrière, sur une épaule, par l'inclinaison de sa jolie tête de poupée) met en valeur l'exceptionnelle beauté dont jouit la suppliciée de ce soir : la sveltesse du cou, de la taille et des membres, la resplendissante plénitude des chairs, la pureté des lignes, l'éclat de la peau.

La victime, encore agitée de contorsions charmantes bien que déjà perdant une partie de ses forces, continue de saigner doucement aux six emplacements torturés : l'extrémité des deux pieds qui paraissent avoir été mutilés avec application, les deux seins dont le globe laiteux est intact mais veiné par tout un réseau de ruisselets rouges, qui proviennent du mamelon arraché progressivement et coulent ensuite jusqu'aux alentours des hanches et du nombril, le sexe enfin où la scie a pénétré de plus en plus à chaque mouvement convulsif de la patiente, labourant les chairs et entamant le pubis, barbouillé de sperme, bien plus haut que le sommet de sa fente naturelle. (La fille semble avoir été préalablement épilée, ou scalpée au rasoir, ou encore tondue à la flamme.) Le sang a coulé en si grande abondance de cette dernière blessure qu'il a jailli sur les aines et sur le ventre, maculé de traînées rougeâtres la matière visqueuse, opaline, aux surépaisseurs encore miroitantes, recouvrant le mont de Vénus, inondé largement l'intérieur des cuisses et des genoux, formant à la fin sur le sol de granit une petite mare oblongue, entourée d'éclaboussures. Quant au sixième point mentionné à l'instant, il se trouve par derrière et n'est donc pas perceptible de l'endroit où se tient le serrurier voyeur. Celui-ci remarque en revan-

185

che, au-delà, vers le fond de la chambre, un grand lit de cuivre aux draps bouleversés.

Le petit homme a déposé sa trousse de travail sur la marche la plus haute de l'étroit perron. Il a appuyé sa bicyclette au mur, sur la gauche. J'ai déjà raconté comment, ayant enfin réussi à voir avec précision ce qui se passait à l'intérieur, cet honnête artisan s'est précipité pour aller chercher du secours. Parti en courant vers la droite, comme l'a noté Ben Saïd, il ne tarde pas à se cogner contre un inoffensif promeneur qui n'est autre que N. G. Brown, l'intermédiaire chargé par Frank de surveiller l'homme au ciré noir et au chapeau mou à bord rabattu, qui continue pendant ce temps à monter la garde sous mes fenêtres. Brown, qui marchait un peu au hasard en sortant du « Vieux Joë », s'est laissé guider sans y prêter attention par sa conscience professionnelle ; celle-ci a naturellement ramené ses pas vers la partie ouest de Greenwich. Comme il s'était auparavant rendu dans un bal masqué, pour le service bien entendu, il porte encore le smoking noir très strict et la chemise de soirée, ainsi qu'une sorte de cagoule ajustée en fine peau couleur de suie, percée seulement de cinq ouvertures : une fente pour la bouche, deux petits orifices ronds pour les narines et deux trous ovales, plus larges, pour les yeux.

Sans s'arrêter à ces détails, qu'il remarque à peine à cause de sa myopie, rassuré en tout cas par la haute taille et la forte carrure du personnage, le serrurier entraîne celui-ci, tout en répétant avec volubilité des choses incohérentes, jusqu'à la maison qu'il retrouve sans peine, puisque sa bicyclette et sa boîte à outils sont restées devant. Là, il a vite fait de crocheter le mécanisme et d'ouvrir la lourde porte en faux chêne à la ferronnerie passée de mode. Il se retrouve dans le vestibule mal éclairé, prudemment caché derrière Brown qui commence, lui, à deviner ce dont il s'agit. Mais le petit homme chauve ne voit plus rien, au fond du couloir, de la scène inquiétante qu'il vient d'observer par le trou de la serrure. Il met assez longtemps à comprendre que le chirurgien en blouse blanche et la jeune patiente inanimée qui gît devant lui, sous le cône de lumière crue, sont en réalité placés beaucoup plus loin qu'il ne l'imaginait à l'instant. Sa myopie lui joue souvent de ces tours : c'est dans la glace qu'il regardait la scène, celle-ci se déroulant de l'autre côté du couloir, au fond de la bibliothèque dont la porte est comme d'habitude restée ouverte.

Mais à présent il est gêné par la silhouette massive de Brown qui a découvert tout de suite où se situait l'action et dont le costume noir, immobile, occupe presque toute l'embrasure. Le petit homme est contraint de se pencher encore, pour regarder par l'interstice laissé libre entre le chambranle et la taille cintrée de la veste du smoking. Etranger à cette histoire, il ne peut identifier le docteur Morgan, que Brown au contraire a reconnu dès le premier coup d'œil. D'ailleurs le serrurier est plus à l'aise, étant donné sa position, pour contempler le corps dévêtu de la victime, sa chair ambrée, son pubis charnu, et la cruelle opération qu'on était en train de lui faire subir, dont je vais parler maintenant.

— Est-ce vraiment bien utile ? N'avez-vous pas tendance à trop insister, comme je l'ai signalé déjà, sur l'aspect érotique des scènes rapportées ?

— Tout dépend de ce que vous entendez par le mot « trop ». J'estime au contraire, pour ma part, les choses étant ce qu'elles sont, être resté plutôt correct. Vous remarquerez par exemple que je me suis abstenu de raconter en détail le viol collectif de la petite fille capturée dans le métro express grâce à la complicité de Ben Saïd, ou l'arrachage compliqué des bouts de seins pratiqué sur l'Irlandaise Joan Robertson, alors que je pouvais sans mal organiser, sur chacun de ces événements capitaux (et qui auront sans doute une importance considérable par la suite) plusieurs paragraphes d'une grande précision. J'ajoute que je n'ai même pas dit ce qu'on avait fait à la jeune mariée, ni décrit le supplice — pourtant très intéressant, du point de vue sexuel, à cause de l'imagination dont avait fait preuve à cette occasion le narrateur — des douze jolies communiantes soustraites au dernier moment à la vraie cérémonie religieuse par le faux curé espagnol. J'aurais été quand même en droit, il me semble, de dire au moins comment elles avaient toutes fini crucifiées d'une façon différente : la plus jeune exposée de dos, la tête en bas, clouée par la plante des deux pieds et les paumes de mains à un poteau en forme d'Y, ses fesses charmantes — encore intactes — offertes ainsi au-dessus de l'autel, après avoir eu auparavant son sexe impubère et ses petits seins naissants...

— Ici encore je vous arrête. Vous employez à plusieurs reprises, dans votre narration, des expressions

188

comme celle-là : « petits seins naissants », « fesses charmantes », « cruelle opération », « pubis charnu », « splendide créature rousse », « éclatante plénitude », et même une fois : « courbes voluptueuses des hanches ». Est-ce que vous ne croyez pas que vous exagérez ?

— De quel point de vue serait-ce exagéré ?

— Du point de vue lexicologique.

— Vous prétendez que ce sont des incorrections ?

— Non, pas du tout !

— Des erreurs matérielles ?

— La question n'est pas là.

— Alors des mensonges ?

— Encore moins !

— Dans ce cas, j'avoue ne pas voir ce que vous voulez dire. Je fais mon rapport, un point c'est tout. Le texte est correct, et rien n'est laissé au hasard, il faut le prendre tel qu'il est.

— Ne vous fâchez pas... Autre chose : vous parlez du quartier de Greenwich, ou de la station de métro Madison ; n'importe quel Américain dirait « le Village » et « Madison Avenue ».

— Cette fois-là, je trouve que c'est vous qui exagérez ! D'autant plus que personne n'a jamais prétendu que le récit était fait par un Américain. N'oubliez pas que ce sont toujours les étrangers qui préparent la révolution. Où en étais-je ?

— Vous aviez commencé en même temps deux histoires, interrompues sans raison l'une après l'autre. D'une part, la messe noire où vous aviez sacrifié les douze communiantes, avec l'usage qui fut fait ce jour-là des

189

croix, des hosties, des cierges, ainsi que des grands chandeliers à pointe de fer qui servent à les empaler. D'autre part, la façon dont Sara, la belle métisse, avait été engrossée par le docteur Morgan avec du sperme de race blanche, prélevé par Joan sur le vieux Goldstücker. Il y a d'ailleurs, à ce sujet, une contradiction dans votre récit : vous dites une fois que la patiente était nue, et une autre fois qu'elle portait une robe rouge.

— Je vois que vous avez mal suivi mes explications : c'était un autre jour, un autre médecin et une autre victime. L'insémination contre nature a été opérée, non par le docteur Morgan, mais par un certain docteur M. Il est d'ailleurs très difficile de les distinguer l'un de l'autre puisqu'ils portent le même masque, acheté chez le même fabricant dans le même but : inspirer confiance. Le vrai nom de ce M est quelque chose comme Mahler ou Müller ; il tient une officine de psychothérapie dans les galeries souterraines de la quarante-deuxième rue. Quant à la fille en robe rouge, ce n'est pas Sara, mais Laura ; le praticien dans ce cas-là ne tenait pas à la main un cathéter, mais une seringue à injecter le sérum — de vérité, évidemment. J'ai pourtant insisté sur tous ces détails, en leur temps. Le docteur Morgan s'était introduit chez le narrateur sans effraction, après avoir tout simplement fait fabriquer une fausse clef par un serrurier voisin (et non pas comme le médecin de famille psychothérapeute, que nous appellerons Müller pour simplifier, en cassant un carreau tout en haut de l'escalier métallique, selon ce qui a été rapporté en plusieurs occasions).

190

Le jour de la piqûre était aussi celui de l'exécution de JR ; Morgan était donc sûr de trouver Laura seule à la maison (Ben Saïd avait enregistré avec soin le départ de chez soi du prétendu frère, et ensuite son arrivée au terrain vague). Le but de l'opération, facile à comprendre, était de savoir enfin qui est la jeune fille, d'où elle vient et pourquoi elle se cache là.

— Une dernière question avant de vous laisser poursuivre : vous avez employé une ou deux fois le mot « coupure », dans le corps du texte ; que signifie-t-il ?

— Déchirure au rasoir pratiquée à vif en travers d'une surface satinée, généralement convexe mais parfois concave, de chair blanche ou rose.

— Non, ce n'est pas cela ; je parle d'un mot isolé, comme l'était le terme « reprise » dont il a déjà été question, et au sujet duquel vous avez d'ailleurs fourni des explications satisfaisantes.

— Alors la réponse est ici la même (ou, en tout cas, du même ordre) que celle donnée à cette occasion. Il s'agit d'indiquer une coupure dans le cours d'une relation : une interruption brusque, nécessitée par quelque raison matérielle, purement interne ou au contraire extérieure au récit ; par exemple, dans le cas présent : vos questions intempestives, qui montrent l'excessive importance que vous accordez vous-même à certains passages (quitte à me les reprocher ensuite) et le peu d'attention que vous prêtez à tout le reste. Mais je continue, sans cela nous n'en finirons jamais. Au moment où N. G. Brown (souvent appelé N, pour simplifier) fait irruption dans la bibliothèque, Sarah Goldstücker, la véritable fille du banquier (procréée jadis par les moyens artificiels que l'on vient de dire), se trouve donc entièrement nue, sans défense, de fortes cordelettes s'enroulant et s'entrecroisant tout autour de son corps, à l'exception des jambes que le docteur Morgan vient de libérer de leurs entraves, pour les attacher aussitôt d'une autre façon, plus conforme à ses projets : les chevilles et les genoux étroitement fixés aux quatre anneaux des gros poids en fonte, de trente kilos chacun, disposés approximativement selon les quatre sommets d'un carré, ce qui maintient les cuisses bien ouvertes, appliquées sur le sol de pierre par toute leur face externe, et les genoux fléchis d'environ quarante-cinq degrés. L'intérieur des cuisses, les aines, le ventre et surtout les seins sont de teinte un peu plus pâle que le reste de la chair, mate et cuivrée, qui révèle le métissage des sangs blanc, africain et peau-rouge, trahi de même par le mélange des yeux bleu indigo, hérités du père, et de la chevelure abondante, longue, lisse et brillante, qui est d'un noir d'encre aux reflets violets.

Le visage séduisant, les traits fins et réguliers, autant du moins que permettent d'en juger quelques mèches rabattues sur le nez et les joues (le désordre des cheveux est-il le résultat d'une lutte, ou de mauvais traitements préalables ?), boucles éparses dont les sinuosités brouillent en partie la physionomie, l'effet de trouble étant encore accru par un bâillon de soie rouge qui déforme la bouche en sciant les commissures des lèvres, sans parler du renversement de la tête que les bras liés ensemble dans le dos rejettent en arrière, la prisonnière ne pouvant guère ainsi regarder que de côté, où, à proximité de son

épaule gauche, ses yeux agrandis d'horreur fixent l'araignée géante, venimeuse, de l'espèce dite « veuve noire »,
qui vient d'échapper au chirurgien, dérangé dans sa monstrueuse expérience, et s'est immobilisée pour l'instant à
vingt centimètres de l'aisselle, juste à la limite du cercle
de lumière vive projeté sur le sol par la très forte lampe
à tige articulée dont le pied est vissé au coin du bureau
de métal, tout encombré de paperasses, au milieu desquelles une feuille blanche ne porte encore que de brèves
notes manuscrites, en haut et à droite, accompagnées d'un
dessin d'anatomie à symétrie axiale, aux contours précis
et compliqués, qui figure la vulve, le clitoris, les petites
lèvres et l'ensemble des organes externes féminins.

Mais le docteur Morgan, qui n'a plus d'yeux que
pour l'intrus dont il croit deviner l'identité sous le
masque, sans malgré tout pouvoir en être sûr, lentement
se relève et commence à reculer vers l'autre issue.
Comme son rival hésite sur ce qu'il convient à présent
de faire, le chirurgien met à profit ce temps pour rega-
gner pas à pas le vestibule, son regard toujours rivé
sur les fentes de la cagoule noire où luisent deux pru-
nelles dorées ; puis, d'un seul coup, il se retourne vers
la porte d'entrée demeurée grande ouverte, pour dévaler
les trois marches du perron et — maintenant poursuivi
par Brown — s'enfuir à toutes jambes le long de la
rue rectiligne, en direction de la bouche du métro.

Dans le renfoncement de la maison d'en face, Ben
Saïd, qui conservait encore à la main son petit carnet
ouvert et son crayon prêt à écrire, note l'heure exacte
où il a vu ressortir successivement, à trois secondes d'in-

tervalle, le médecin aux lunettes d'acier qui n'a même pas pris le temps d'ôter sa blouse blanche tant il semble pressé de quitter les lieux (appelé sans doute par quelque rendez-vous d'une extrême urgence), puis l'homme en smoking au visage invisible qui vient de pénétrer dans l'immeuble grâce à l'intervention du serrurier.

Celui-ci s'est avancé prudemment dans le couloir, avec un retard notable, jusqu'au seuil de la maison. Et là, tenant avec circonspection le bord de la lourde porte dont il reste prêt à clore le battant au moindre danger, il voit disparaître à l'horizon les deux autres personnages. C'est à ce moment qu'il entend un cri horrible, à l'intérieur, provenant sans erreur possible de la chambre où gît toujours la prisonnière. Il se retourne précipitamment et, en quelques enjambées, pénètre à nouveau dans la bibliothèque. Dans son affolement, par un réflexe inconséquent de couardise, il a repoussé la porte donnant sur la rue, qui se ferme alors avec un bruit sourd. Ayant derechef consulté sa montre, l'espion au ciré noir et au chapeau mou note l'heure sur son calepin.

Le petit homme chauve, s'apercevant qu'il est désormais seul, referme avec plus de calme derrière soi la porte de la bibliothèque, tout en regardant, sous le double cône de lumière crue provenant des projecteurs électriques, la jeune femme brune qui se débat désespérément dans ses liens ; et, s'étant approché davantage, il comprend maintenant ce qui l'empêche de redresser la tête ou le buste : les cordes qui lui lient ensemble le torse et les bras, pénétrant profondément dans les chairs là où celles-ci sont les plus tendres et ramenant

194

les poignets jusque sous les omoplates, sont en outre fixées à droite et à gauche aux lourds pieds en fonte des deux projecteurs. La malheureuse Sarah, qui ne peut implorer grâce ou secours, à cause du bâillon déchirant sa bouche, ni dégager ses mains meurtries, ni seulement bouger les épaules, pas plus qu'elle ne peut refermer ses jambes d'un centimètre, a vu la bête velue, avec laquelle le docteur s'apprêtait à poursuivre ses essais déments, sauter d'un bond sur elle, courir en zigzag sur sa chair nue par petits élans rapides coupés d'arrêts brusques, depuis l'aisselle emperlée de sueur jusqu'au cou flexible, puis vers le ventre vierge et jusqu'au creux des cuisses, pour remonter ensuite le long de l'aine droite et de la hanche jusqu'au sein écrasé par deux cordes râpeuses qui se croisent juste sous le mamelon, enfin jusqu'à l'autre sein, le gauche, resté un peu plus libre entre deux spires de chanvre dont le trop faible écartement comprime pourtant l'hémisphère fragile, faisant saillir les tissus élastiques en un globe tendu et lisse, douloureux, qui semble prêt à éclater sous la moindre piqûre. C'est cependant cet endroit que l'araignée géante paraît avoir choisi, errant avec plus de lenteur sur ces quelques centimètres carrés de peau trop sensible, où ses huit pattes griffues procurent la sensation insupportable d'une décharge électrique qui n'en finirait pas.

Le serrurier voyeur, penché sur la scène à cause de son extrême myopie, ne peut détacher son regard de cet animal au corps de chauve-souris revêtu d'un pelage noir à reflets violets, agitant comme des tentacules un nombre effrayant de longs appendices crochus, sinon pour parcourir des yeux les lignes harmonieuses de la proie offerte à ses morsures, rendue plus intéressante encore par les liens qui la tordent, étranglent ses chairs, la contraignent à demeurer dans une position cruelle, l'exposent ouverte et sans voiles à la vue des spectateurs. Le dernier arrivé de ceux-ci remarque, à ce sujet, un détail curieux : la fourrure triangulaire équilatérale, au dessin net et ferme, aux proportions discrètes, qui orne le pubis, a une belle teinte noir de jais ressemblant à celle de la bête elle-même.

Celle-ci, ayant sans doute enfin trouvé le meilleur emplacement pour mordre, s'est arrêtée sur le bord de l'aréole un peu bombée, vivement colorée en sépia. Là, les chélicères de l'appareil buccal, entourés des palpes maxillaires toujours en mouvement, s'approchent de la peau brune à plusieurs reprises, puis s'en écartent comme s'ils léchaient ou goûtaient à petites bouchées une nourriture délicate, enfin ils se fixent en un point de la surface à peine grenue, constellée de papilles plus claires, et lentement s'y enfoncent en pinçant la chair, telles les tenailles de fer aux crocs aigus, rougis au feu, qui martyrisèrent une autre vierge bienheureuse au nom de pierre irisée, sur une place publique, à Catane.

La jeune fille est alors prise de spasmes violents, périodiques, produisant une sorte de contraction mouvante et rythmée qui s'étend de la face interne des cuisses jusqu'au nombril, dont les replis ciselés forment en intaille une rose miniature, un peu au-dessous d'une des spires trop fortement serrées de la corde, qui affine encore la taille, où elle creuse une profonde dépression faisant saillir les hanches et le ventre. Puis la jolie tête, qui seule peut remuer davantage, se laisse aller de droite et de gauche convulsivement, une fois, deux fois, trois fois, quatre fois, cinq fois, et retombe à la fin sans vie, tandis que tout le corps paraît d'un seul coup s'être détendu. Ensuite, la fille reste immobile et molle, comme une de ces poupées-esclaves japonaises que l'on vend dans les magasins populaires de China-Town, abandonnées à tous les caprices, la bouche définitivement muette, les yeux fixes.

L'araignée a desserré ses mâchoires, retiré ses crocs à venin ; sa besogne achevée, elle descend sur le sol à pas plus vacillants, y trace encore une lente ligne brisée et, tout à coup, à une vitesse si grande qu'on croirait ensuite avoir eu affaire à une ombre, elle s'élance vers un angle de la pièce, grimpe de degré en degré le long des rayonnages vides, jusqu'à la dernière étagère d'où elle était venue, et où de nouveau elle disparaît.

Après une minute de réflexion, le petit homme chauve tend un index timide vers la tempe cuivrée. La mince artère a fini de battre. La fille est bien morte. Alors, avec des gestes doux et méticuleux, il se décide à déposer sa boîte à outils sur le sol, qu'il avait remise sur son épaule gauche après avoir fait jouer le pène de la serrure et conservée depuis lors, au cours de ses allées et venues dans le couloir. Puis il s'agenouille entre les poids de fonte, se couche avec précaution sur le corps couleur d'ambre, dont il déflore d'un coup de rein précis le sexe encore brûlant.

Au bout d'un temps assez long, occupé à violenter sans hâte le cadavre docile et tiède, le petit homme se redresse, rajuste le désordre de son costume, se passe les mains sur le visage, comme si quelque chose le démangeait en haut du cou. Il se gratte longuement des deux côtés ; puis, n'y tenant plus, il enlève le masque chauve de serrurier qui recouvrait sa tête et sa figure, décollant progressivement la couche de matière plastique et laissant, peu à peu, apercevoir à la place les traits du vrai Ben Saïd.

Mais subitement, comme il vient juste d'ôter complètement le masque, dont la peau flasque pend à présent dans sa main droite, il se demande avec angoisse qui a crié, tout à l'heure, lorsqu'il regardait dans la rue par la porte restée ouverte. Ça ne pouvait pas être l'éblouissante métisse terrorisée par la mygale, puisque l'épais bâillon empêchait tout son de franchir ses lèvres. Il y aurait donc une autre femme dans la maison ? Pris d'une peur irraisonnée, Ben Saïd entrouvre la porte donnant sur le vestibule et tend l'oreille. Tout a l'air silencieux dans la grande bâtisse. Il pousse davantage le battant. En face de lui, il aperçoit son vrai visage dans la glace du couloir, au-dessus de la console. Un peu trop vite, sans y apporter toute la minutie nécessaire, il recolle son masque d'artisan consciencieux, en contrôlant tant bien que mal ses gestes dans le miroir ; mais la peau, ajustée de travers, fait des plis sous le maxillaire, et une sorte de tic nerveux crispe à plusieurs reprises la joue, comme pour essayer de remettre les choses en place, en vain naturellement.

Il n'y a pas de temps à perdre. A tout hasard, bien que ne sachant plus au juste où il en est, Ben Saïd, par habitude, dépose une carte de visite entre les seins meurtris du cadavre, après y avoir tracé au crayon à feutre en capitales maladroites, en se servant du marbre de la console comme écritoire, ces neufs mots qui lui semblent convenir à la situation : « Ainsi périront les négresses aux yeux bleus le soir de la Révolution ». Tandis qu'il jette un coup d'œil à une lettre non décachetée qui se trouve là, il est à nouveau pris d'une série de rictus, allant de la base de l'oreille à la commissure des lèvres.

Enfin, ayant balayé d'un regard circulaire l'ensemble du décor, pour vérifier que tout est en ordre, il replace sur son épaule la courroie en cuir de la boîte à outils. Un dernier mouvement de tête vers la glace, quelques pas encore indécis jusqu'au judas vitré dont la ferronnerie trop compliquée empêche de voir commodément à l'extérieur, et il prend la résolution d'affronter la rue : à petits gestes secs et rapides, il manœuvre le loquet intérieur, se glisse dans l'ouverture dès qu'elle est assez large, franchit le seuil, descend les trois marches et s'éloigne en longeant le mur à petits pas pressés. C'est alors seulement, tandis que résonne encore à ses oreilles le claquement sourd de la serrure et la longue vibration du lourd ventail de chêne, tiré en arrière par la poignée en forme de main, que le petit homme chauve se rappelle avoir oublié sur le marbre de la console, entre le bougeoir en cuivre et l'enveloppe arrivée sans doute au courrier du matin, la fausse clef avec laquelle il avait fait jouer le pène et ouvert la porte.

Sur le trottoir d'en face, dans le renfoncement de la muraille, l'homme au ciré noir et au chapeau de feutre mou rabattu sur les yeux sort à nouveau son carnet de sa poche, enlève ses gants de peau, regarde l'heure, et consigne cet événement à la suite des autres.

Laura, pendant ce temps, qui a entendu la porte d'entrée se refermer avec bruit, et surveillé par la fenêtre en bout de corridor, tout en haut de l'escalier métallique, la présence rassurante de son gardien, commence à descendre d'étage en étage afin d'inspecter toutes les pièces l'une après l'autre, dont elle ouvre les portes l'une après l'autre, en tournant doucement la poignée de porcelaine, puis en repoussant le panneau d'un seul coup... Elle est sûre cette fois d'avoir perçu des bruits suspects, mais provenant plutôt des étages inférieurs... Ce n'est en effet qu'à la dernière porte, tout en bas, qu'elle découvre le corps sans vie de la jeune métisse avec qui elle avait joué tout l'après-midi... l'après-midi d'hier, probablement... Elle s'approche, sans marquer de surprise devant l'attirail des cordes, poids en fonte et projecteurs, auxquels ses précédentes investigations l'ont accoutumée, plus étonnée de voir si peu de sang, plus étonnée encore par la carte en bristol dont elle déchiffre le texte plusieurs fois de suite, sans arriver à en saisir le sens : « Ainsi périront les négresses aux yeux bleus... »

L'adolescente ne peut en effet deviner la semblable méprise, commise à l'instant par le faux serrurier et un

200

peu plus tôt par le docteur Morgan. Celui-ci, comme il a été rapporté déjà, s'est donc introduit dans la maison du narrateur à l'heure où il croit ce dernier retenu au loin par l'exécution de Joan, condamnée par le tribunal secret lorsqu'on a découvert sa triple appartenance à la race irlandaise, à la religion catholique et à la police de New York. Pénétrer dans l'immeuble est facile, grâce à l'escalier de fer extérieur : il suffit de casser un carreau, introduire une main, manœuvrer la crémone, etc.

Le chirurgien, guidé par une sorte de gémissement étouffé qui provient des étages inférieurs, descend ensuite le grand escalier jusqu'au rez-de-chaussée, où il découvre une jeune fille ligotée étroitement, ce qui ne le surprend guère : c'est sans doute plus prudent pour empêcher la petite protégée-prisonnière de commettre quelque sottise ou même de s'enfuir. Quant à la couleur cuivrée de la peau, aux chairs épanouies et à la chevelure d'encre, elles s'expliquent aussi sans peine, bien qu'elles ne correspondent guère aux descriptions remises à Frank par l'espion de service, présentant au contraire la compagne clandestine de N. G. Brown comme blonde, rose pâle et à peine formée. Il s'agit sans aucun doute ici d'un déguisement destiné à tromper les éventuels visiteurs, car Brown n'est pas assez naïf pour ignorer qu'il reste à la merci d'un contrôle, effectué à son insu par l'organisation. Et, dans ce cas, une peau foncée n'est-elle pas la plus sûre des garanties ? Un masque de mulâtresse, une perruque, la pellicule plastique recouvrant l'ensemble du corps, y compris quelques charmes supplémentaires, cela se trouve dans tous les magasins. Le subterfuge est évi-

201

dent, et trahi d'ailleurs aussitôt par les yeux bleus de la captive.

Sans procéder à une fouille plus complète de la maison, Morgan, qui est persuadé d'avoir affaire à Laura, ne prend même pas la peine de contrôler le caractère artificiel de son épiderme. Il est pressé de poursuivre sur cette nouvelle patiente, avant de la faire périr selon les ordres reçus, les expériences qu'il a entamées depuis quelques mois concernant le venin de diverses bestioles tropicales : scorpion jaune, grande mygale, tarentule, scutigère et vipère cornue. Son intention — on le sait — est de mettre au point un produit vésicant qui, appliqué en certaines régions précises des parties génitales externes de la femme, serait capable de déclencher une série de spasmes sexuels de plus en plus forts et prolongés, devenant vite extraordinairement douloureux, se terminant au bout de plusieurs heures par la mort du sujet dans les convulsions combinées de la jouissance la plus vive et des plus atroces souffrances. Une telle préparation serait évidemment très appréciée lors des grandes fêtes marquant le triomphe de la révolution, qui doivent comporter, selon le programme prévu, afin d'éviter le massacre général des Blancs, un nombre raisonnable de sacrifices humains particulièrement spectaculaires : viols collectifs offerts à tous les passants sur des tréteaux dressés aux carrefours et présentant les plus belles créatures de la ville attachées sur des chevalets spéciaux dans des postures variées, représentations théâtrales où quelques élues seraient torturées de façons inédites, jeux du cirque renouvelés de l'antiquité, concours publics de machines à supplices, expérimentées devant un jury de spécialistes et dont les plus réussies pourraient ensuite — dans la société future — être conservées comme moyen légal d'exécution, à l'exemple de la guillotine française, mais dans un genre plus raffiné.

Malheureusement, le docteur Morgan vient de perdre à la fois une de ses précieuses pensionnaires (une belle mygale à collier importée du Mexique) et quelques-unes des pages les plus intéressantes du mémoire où il consigne ses recherches. Et maintenant il est en train de courir comme un dément à travers les interminables galeries souterraines du métropolitain. Et c'est à sa poursuite que je me trouve moi-même lancé. Pourtant, j'ai perdu depuis longtemps sa trace et je continue à marcher, d'un pas rapide, sûr, régulier, dans le dédale des escaliers et des couloirs, comme quelqu'un qui sait où il va. Coupure.

Le trompettiste du « Vieux Joë » commence alors insensiblement à ramener vers sa bouche l'embouchure de son instrument en cuivre verni, suspendu en l'air à dix centimètres environ des lèvres brunes, qui conservaient encore la crispation du soliste en plein fortissimo. Dans la vaste salle enfumée, toutes les têtes se tournent à nouveau vers lui. La main de Laura, déjà formée autour d'une boule fictive, achève de se poser sur la poignée de porcelaine blanche. Sur la bande magnétique, la scène reprend son déroulement. Coupure.

Mais je me demande, depuis un certain temps, si Laura ne séjourne pas dans cette maison avec des ordres précis, venant de Frank lui-même, qui lui aurait donné pour mission de surveiller le narrateur jusqu'au fond des cachettes les plus intimes de son domicile personnel, jusque dans ses gestes inavouables, ses vieilles habitudes, ses pensées secrètes. Elle est, dans ce travail d'espionnage, en liaison constante avec le faux Ben Saïd, qui monte la garde sur le trottoir d'en face. Ils se font des signaux par les fenêtres. Et, de temps à autre, il lui passe un livre codé, par la vitre brisée du cinquième étage, livre dont les taches, déchirures et pages manquantes représentent les messages les plus importants de leur correspondance ; ce qui explique l'état dans lequel se trouve ma bibliothèque, ainsi que les apparitions brusques de nouveaux romans policiers, aussi fréquentes et imprévisibles que leur subite disparition. Coupure.

Le trompettiste du « Vieux Joë » doit être le même personnage, entre autres, que l'homme au visage gris de fer qui a suivi Brown jusqu'à la fausse clinique psychothérapique. Ayant entendu, de l'autre côté de la vitre dépolie, les mots de passe échangés par N avec l'infirmière, il a pu sans mal les répéter et s'introduire ainsi au cœur de l'histoire. Malheureusement, on ne sait pas ce qu'il est devenu ensuite. Coupure.

J'ai perdu également la trace du jeune Marc-Antoine, le garçon qui porte un blouson volé, orné sur la poche de poitrine d'une lettre brodée qui pourrait être l'initiale du prénom « William ». La jambe de son pantalon a été déchirée à l'occasion du vol de la voiture blanche à un couple de fiancés, voiture qu'il a dû ensuite abandonner dans un terrain vague. Coupure.

En poursuivant le chirurgien criminel dans le labyrinthe des galeries marchandes, sous le quartier espagnol de Brooklyn, je passe à nouveau devant le grand magasin religieux qui offre à ses habitués des vêtements de fantaisie pour communiantes. Dans la vitrine, on peut admirer douze petites filles identiques, de treize à quatorze ans, jolies et bien faites, plus ou moins habillées des pièces successives du costume le plus cher proposé pour le grand jour, la première de la rangée ne portant que les bas noirs en résille avec la chaînette à croix d'or autour de la cuisse droite en guise de jarretière, la seconde ayant en outre enfilé l'étroite culotte de dentelle rouge vif, jusqu'à la dernière entièrement parée de tous ses voiles encore immaculés. Quelques accessoires de mortification pendent autour d'elles, tels que chaînes, cordes et fouets. A l'intérieur, pour donner aux enfants le goût de la grâce et du péché, il y a des scènes en cire, grandeur nature, comme on en voit au musée du crime, mais qui représentent ici de jeunes saintes au moment le plus décoratif de leur martyre. Coupure.

Une question se pose. Qui sont les infirmières blondes, mentionnées à intervalles plus ou moins longs dans le corps du texte ? Que font-elles au service du psychanalyste qui les emploie ? Quel est leur rôle exact dans le récit ? Pourquoi avoir écrit, à leur sujet, « fausses infirmières » ? Et pourquoi leurs blouses blanches sont-elles maculées de petites taches rouges ? Coupure.

Reprise. Quand Laura referme la porte de la bibliothèque et se retourne vers la grande glace, elle aperçoit sur le marbre noir de la console la fausse clef oubliée par Ben Saïd. Un sourire lointain passe comme une ombre

205

sur son visage immobile. Avec des mouvements cotonneux de somnambule, mais sans hésitations ni ruptures,
elle s'empare de la clef, ouvre la porte de sa prison, en
négligeant de la refermer derrière elle, et marche le long
de la rue rectiligne en direction de la station de métro.
C'était donc bien elle que j'ai aperçue de dos, collée
contre la petite vitre rectangulaire de la porte de communication, tout au bout du wagon vide où je suis monté
à la correspondance. Un peu plus tard, on l'a vu, elle
était capturée par nos agents qui la cernaient de toutes
parts : Ben Saïd dont le rôle consistait justement à noter
sa fuite et à prévenir aussitôt les autres, le jeune W qui
est un des trois chenapans rencontrés ici et là dans la
narration, le docteur Morgan lui-même, et M le vampire
du métropolitain. Coupure.

Encore plus tard, Laura, qui a été, durant tout son
interrogatoire, violée longuement et à de multiples reprises par les deux hommes, dans diverses postures bizarres
et inconfortables où on l'a maintenue de force, ce qu'elle
a trouvé très excitant après la tension nerveuse de sa
fuite sur la passerelle et le plaisir ambigu causé par sa
propre capture, se trouve à présent enfermée dans la cage
en fer de la petite salle souterraine, toute revêtue de
céramique blanche. Elle a dit des choses inexactes au
chirurgien, en plusieurs occasions, pour le plaisir de
mentir, surtout pendant les viols proprement dits. Elle
se demande comment tout cela va finir. Elle repense
en particulier aux dernières confidences faites à l'heure
du thé par son éphémère compagne, Sarah Goldstücker,
qui semblait si pressée de raconter à quelqu'un (dont elle

croyait sans doute la raison vacillante, ce qui l'encourageait aux épanchements, comme elle aurait fait devant un sourd ou devant un chat), de raconter l'histoire de sa jeunesse dramatique : son enfance mouvementée, ses troubles d'adolescence, le rôle du médecin de famille obsédé sexuel (qui ne s'appelle pas Müller, mais Juard), etc. Coupure.

Ai-je déjà signalé que, même avant la révolution, toute la ville de New York, et en particulier l'île de Manhattan, était depuis longtemps en ruines ? Je parle bien entendu des constructions de surface, à l'air prétendu libre. Une des dernières maisons tenant encore debout, celle du narrateur, située dans la partie ouest de Greenwich, est investie maintenant par une équipe de dynamiteurs. Ayant invoqué le projet de construire bientôt à la place quelque chose de plus haut et de plus moderne, ces quatre hommes aux visages sévères, habillés de survêtements sportifs gris foncé, placent avec adresse et diligence du haut en bas de l'immeuble des cordeaux Bickford et des charges détonnantes, en vue d'une explosion qui ne saurait désormais tarder. Coupure.

Vous m'avez demandé ce que ses ravisseurs avaient fait de la jeune mariée. Je peux vous répondre rapidement. Elle a figuré pendant quelques jours au nombre des esclaves blanches qui sont astreintes à des services de tous ordres — en général humiliants — auprès des membres de l'organisation, dans les parties conquises de la ville souterraine. Puis elle a été exécutée, sous le prétexte d'une faute anodine qu'elle aurait commise au cours d'une cérémonie rituelle. Ils se sont d'abord amusés à la brûler, avec le bout incandescent de leurs cigares, aux endroits les plus sensibles et secrets de son corps. Ils l'ont aussi (en même temps et ensuite) contrainte à quelques complaisances, auxquelles la condamnée a dû se prêter de son mieux, malgré son manque d'expérience. Enfin ils l'ont attachée par les pieds et les mains au sol et à la voûte d'un caveau, muni de gros anneaux scellés dans la pierre. Quand le corps a été bien tendu en forme d'X, bras et jambes très écartés, par les chaînes fixées aux poignets et aux chevilles, ils lui ont enfoncé de longues aiguilles dans les chairs, en particulier à travers les seins, dans les fesses, les cuisses et le ventre, dans tous les sens et de part en part, depuis les genoux jusqu'à la taille, et ils l'ont laissée mourir ainsi. Coupure.

Il me restait encore, dans le même ordre d'idées, à décrire le quatrième acte du supplice de Joan, la jolie putain laiteuse. Mais le temps presse. Il va bientôt faire jour. Et voilà qu'il vient d'apparaître un « chat » au détour d'une phrase, à propos de Sarah la métisse : un sourd et un chat. Le sourd, j'en suis sûr, c'est le trompettiste du « Vieux Joë ». Mais le chat n'a encore joué aucun rôle ici, à ma connaissance ; il ne peut donc s'agir que d'une erreur... A propos des infirmières blondes et de leur incompréhensible présence dans l'organisation, il aurait surtout fallu rechercher ce qu'est devenue la plus plaisante, cette grande fille frôleuse aux immenses lunettes noires et au parfum violent... Mais il est trop tard. Dans le petit jour qui se lève, les pas martelés de la patrouille résonnent déjà, tout au bout de la longue rue rectiligne où s'avancent, juste dans l'axe de la chaussée, de leur démarche régulière, tranquille... Et Claudia... Qui était Claudia ? Pourquoi a-t-elle été exécutée ? .... Oui, c'est cela, je disais : ... de leur pas tranquille. Les deux miliciens portent la vareuse bleu marine et le ceinturon de cuir à baudrier, avec la mitraillette sur la hanche ; ils sont de la même taille, plutôt grands ; ils ont des visages qui se ressemblent — figés, attentifs, absents — sous la casquette plate à bord antérieur très relevé, avec l'écusson de la ville en dessous et une large visière vernie qui cache presque les yeux... Et aussi : qui frappe les petits coups secs et légers dans la pièce aveugle du dernier étage, tout en haut de la grande maison ? Vous n'allez quand même pas prétendre que c'est le vieux roi Boris ?... On dirait des ongles pointus qui tapotent contre un panneau de porte, ou contre un radiateur en fonte, comme si quelqu'un cherchait à communiquer un message à d'autres prisonniers, ou plutôt d'autres prisonnières... Et, à ce propos, comment s'est passée au juste la deuxième rencontre entre JR et le vieil oncle fou, qui ne s'appelait pas encore Goldstücker à l'époque ? J'ai en tout cas déjà raconté — on s'en souvient — comment cette fille exceptionnelle avait été recrutée au moyen d'une petite annonce, non pas une de ces annonces publiées régulièrement dans le *New York Times* par des maris soi-disant évolués qui appartiennent à la société en place, dans le genre : « Couple moderne cherche partenaires de week-end pour jouer aux quartes. Photos retournées », auxquelles d'ailleurs nous répondons d'une façon systématique en envoyant l'image déshabillée d'un beau noir souriant de toutes ses dents et tenant entre ses bras une gracieuse poupée de race blanche, ce qui nous a toujours donné d'excellents résultats, mais au contraire d'un texte rédigé cette fois par nous, afin d'appâter une clientèle plus timide, non encore spécialisée. Une certaine Jean Robertson, que nous avons ensuite rebaptisée Joan, y avait répondu aussitôt, s'imaginant elle-même avoir affaire à quelque bourgeois naïf, facile à entraîner dans une aventure passionnelle et compliquée, mêlée bientôt de manière inextricable avec des histoires d'héroïne défectueuse et de mineures plus ou moins consentantes, c'est-à-dire plutôt moins que plus. Dès les premiers essais, les dons remarquables de la call-girl, dans les multiples domaines qui intéressaient l'organisation, lui avaient alors sauvé la vie (et cela d'autant plus facilement qu'elle s'était prétendue des nôtres, en exhibant un livret de famille probablement falsifié), jusqu'au jour du moins où N. G. Brown avait découvert que la fille venait de se vendre à la police locale. Il reste naturellement possible que Brown ait menti dans le rapport remis à Frank, et qu'il ait inventé cette trahison de toutes pièces, ayant choisi la plus sûre méthode pour se débarrasser proprement d'un témoin encombrant qui aurait éventé ses secrets personnels : la présence chez lui de la petite prisonnière soustraite à la ménagerie du docteur Morgan, ou même son propre double jeu d'indicateur. Toujours est-il que la suspecte avait été condamnée à mort sans autre procès... Mais, j'y pense, une chose est certaine : si le teint rose et blond des jeunes infirmières n'est pas un artifice, il faut qu'elles appartiennent également au

210

harem sans cesse renouvelé des prises de guerre réduites en esclavage. Les petites taches rouges, particulièrement nombreuses sur la poitrine et depuis les hanches jusqu'à mi-cuisses, s'expliqueraient alors par les aiguilles de Pravaz que le docteur Morgan leur pique profondément dans le corps à travers la blouse blanche (sous laquelle ces condamnées en sursis ne portent en général pas grand-chose) pour les punir au fur et à mesure de leurs menues fautes quotidiennes, les longues aiguilles creuses devant ensuite rester plantées dans les chairs jusqu'à la fin du service nocturne, même — ou surtout — si elles rendent certaines postures, certaines attitudes, certaines positions, ou certains gestes extrêmement douloureux, ce qui ne doit en aucun cas altérer le sourire profes-sionnel auquel les soubrettes sont astreintes. (On a vu, en particulier, que le psychanalyste les prostitue à la clien-tèle payante dont il étudie le comportement sexuel par la méthode expérimentale directe.) Le sang qui s'écoule goutte à goutte par chaque fin canal d'acier... Le bruit cadencé des bottes se rapproche, et le frottement régu-lier de la mitraillette contre les ceinturons de cuir, et les deux silhouettes noires qui se reflètent en un double luisant sur l'asphalte mouillé par la récente averse... Plus vite, s'il vous plaît, plus vite ! A présent donc, pour le dernier acte, le superbe corps ensanglanté de Joan se trouve étendu sur le dos, la tête en bas, sur les marches de l'autel d'une église désaffectée, dans les profonds sous-sols de Harlem qui servent depuis longtemps aux cérémonies expiatoires, mais où l'organiste aveugle conti-nue de venir jouer chaque jour, ce qui permet de dissi-

211

muler les hurlements des victimes sous le déchaînement des accords liturgiques. Il n'est pas impossible, du reste, que ce musicien soit également sourd et que ce soit lui qui joue de la trompette en fa, tous les soirs, au « Vieux Joë ». L'église en question a conservé son décor magnifique d'autrefois : ornements surchargés des confessionnaux et des chapelles latérales, immenses draperies noires au milieu desquelles on croit étouffer, dans la fumée des brûle-parfums, gigantesques motifs sculptés imitant le baroque, où, parmi les arabesques, les flots, les coquilles, les volutes, les rinceaux et les guirlandes, on reconnaît le dieu de la colère, le dieu de la foudre, le dieu des tempêtes, qui brandissent leurs attributs, les anges annonciateurs qui sonnent dans leurs longues trompes, les cadavres mutilés qui sortent de leurs tombeaux. Seules sont en simple marbre blanc les dalles de la nef et les six marches du grand autel. Là, de chaque côté de la suppliciée ainsi couchée à la renverse, les jambes ouvertes et les pieds attachés aux deux candélabres géants, qui éclairent la scène de leurs innombrables bougies, les douze communiantes encore toutes neuves et parées de leurs atours ont été disposées à genoux, six de chaque côté, sur les marches de marbre, tenant chacune un cierge noir allumé, entre les deux mains réunies par un chapelet qui leur tient lieu de chaîne. Elles n'entendent, depuis une heure, que de la musique religieuse dont les torrents déferlent du haut des voûtes, qui par moments ressemblent à des cris de ferveur mystique ; et elles ne voient rien du spectacle qui se déroule à trois mètres d'elles, à cause du bandeau noir qui leur masque les yeux, si bien qu'elles croient encore assister à la messe solennelle de leur initiation, ce qui demeure vrai, en un sens. Mais, devant les douze colonnes de la nef se dressent déjà les douze croix auxquelles les petites filles sont finalement promises : trois croix en forme d'X, trois en forme de T, trois en forme d'Y, trois en forme d'Y renversé. Et, sous leurs regards aveuglés, l'hostie du sacrifice gît dans une mare de sang, les seins arrachés ainsi que toutes les chairs au bas du ventre et en haut de la face interne des cuisses. Ses mains délicates, bien lavées, toutes blanches, semblent caresser ces déchirures, au creux de la plaie rouge sombre qui remplace le pubis ; mais ces mains aux doigts effilés sont comme des mains étrangères, que rien ne rattache plus au corps, car les deux bras ont aussi été arrachés et les flots de sang qui ont coulé des aisselles se sont répandus tout autour de la tête au sourire extasié qui repose sur les dalles, la bouche et les yeux grands ouverts, engluant les cheveux roux arrangés en un savant désordre, dont ils prolongent les mèches onduleuses en un soleil flamboyant, comme une pieuvre écarlate. Mais, cette fois, je n'ai plus une minute à perdre. Il faut que je retourne auprès de cette adolescente fragile qui se morfond toujours dans sa cage, car M le vampire et le docteur Morgan regagnent à ce moment la petite salle blanche pour continuer l'interrogatoire, après être allés manger un sandwich à la pharmacie de la station voisine. Ils restent debout, tous les deux, dans la pièce. Ils ont l'air incertains, fatigués. M décolle un instant son masque, d'un geste machinal, pour tenter d'effacer avec le plat de sa main les

213

plis de son vrai visage, par-dessous ; et Morgan, qui lève alors les yeux des paperasses accumulées sur la table, reconnaît avec stupéfaction les traits du narrateur. Sans hésiter, me voyant découvert... Coupure.

Et brusquement l'action reprend, sans prévenir, et c'est de nouveau la même scène qui se déroule, très vite, toujours identique à elle-même. J'ai enroulé la fillette dans une couverture, comme si c'était pour la sauver des flammes, descendant l'escalier métallique en zigzag devant la façade d'un building vertigineux, où déjà l'incendie ronfle du haut en bas des étages. Dans la cage de fer, de nouveau cadenassée, j'ai laissé à sa place le squelette menu de l'autre fillette — celle dont la télévision allemande n'avait pas voulu — dont les os sont si bien rongés, si propres, si blancs, si vernis, qu'on les croirait en matière plastique. Et je suis en train de refermer la porte derrière moi, après avoir déposé mon précieux fardeau sur le sol du vestibule, tandis que la patrouille de police s'arrête pour parler au factionnaire, dans le renfoncement de la maison d'en face, et je suis en train de refermer la porte derrière moi, lourde porte de bois plein percé d'une petite fenêtre rectangulaire, étroite, tout en hauteur, dont la vitre est protégée par un... Coupure. C'est à ce moment-là que j'ai entendu de nouveau les petits coups frappés d'une main discrète, tout en haut du grand escalier de l'immense bâtisse vide, sur une conduite du chauffage central. Laura, tout de suite, a dressé la tête, l'oreille tendue, l'œil fixe, les lèvres serrées, comme il a déjà été dit.

CET OUVRAGE A ÉTÉ ACHEVÉ D'IMPRIMER LE
ONZE MAI MIL NEUF CENT QUATRE-VINGT-
CINQ SUR LES PRESSES DE JUGAIN IMPRI-
MEUR S.A. A ALENÇON ET INSCRIT DANS LES
REGISTRES DE L'ÉDITEUR SOUS LE NUMÉRO
2024

Dépôt légal : mai 1985